Annas Sehnsucht

Eine Liebesgeschichte

Anne Böckmann

1. Auflage Mai 2009
© 2009 Anne Böckmann
www.anneböckmann.de
Alle Rechte vorbehalten
Foto Rückseite: Zneaschta@pixelio
Herstellung und Verlag: Books on Demand GmbH,
Norderstedt
Gesamtgestaltung: Corinna Böckmann
ISBN-13: 978-3-8370-9632-3

Annas Sehnsucht

Eine Liebesgeschichte

Anne Böckmann

Blaues Sehnsuchtswort
Meer,
Fußspuren im Sand,
Augen-Blicke verschmelzen
mit der endlosen Weite
des Meereshimmels,
Sehnsüchte fliegen mit dem Wind.

aus „Wortwellen"

Anna

Gerade
dachte ich an dich
die Sonne war heiß
die Natur sprühte Funken
weißt du noch?
Abends hing eine Mondsichel
in der Linde
und ein besonderer Duft
nebelte uns ein
Erinnerungen an einen Sommer
vergangen
und doch so nah

Anna saß im Flughafen von Athen.

Hals über Kopf war sie aus ihrem vorüberge-
henden Zuhause geflohen, in dem sie sich so
wohl gefühlt hatte. Die Worte seiner Mutter tön-
ten noch in ihren Ohren:

- Nikos wird eine Griechin aus dem Dorf heiraten, mach dir also keine Hoffnungen. -

Sie hatte ganz schnell gesprochen, ohne sie
dabei anzusehen, so, als musste sie es endlich

hinter sich bringen, ihr das zu sagen.

Anna war allein mit ihr gewesen.

Nikos besuchte Freunde in Athen.

Ihr Herz krampfte sich zusammen, wo mochte er jetzt sein, ohne zu wissen, dass sie hier saß. Wie eine Spielfigur kam sie sich vor, rausgeworfen, am Anfang neu auf ihren Einsatz wartend.

Ein Blick auf die Uhr, noch fünf Stunden bis zum Abflug. Sie befand sich in einem Geräuschpegel lauter, lachender, zufriedener Touristen, die mit ihr auf den Heimflug warteten.

Annas Gedanken gingen zurück.

Wie hatte alles begonnen?

Als Nikos ihr diese Peloponnesreise vorschlug, kannten sie sich schon ein paar Jahre. Sie traf ihn in einer kleinen Galerie in Worpswede, einem Künstlerdorf bei Bremen, die Max, einem gemeinsamen Freund, gehörte. Amor muss in der Nähe gewesen sein und genau gezielt haben. Sie wurden einander vorgestellt, und es war um Anna geschehen. Ein Grieche stand vor ihr mit blonden, etwas längeren Haaren, grün-blauen Augen und einer klassisch-griechischen, großen Nase. Er trug einen grünen Blazer, obwohl – grün war nun gar nicht ihre Farbe - und versuchte mit lebhaften Bewegungen mit ihr ein Gespräch über die Bilder

der Ausstellung zu führen. Er hatte eine weiche, zärtliche Stimme und eine große Ausstrahlung. Sie sah nur ihn. Irgendwelche Sätze rang sie sich ab, sicher waren sie nicht besonders intelligent.

Liebe auf den ersten Blick? Sie hatte es immer für ein Märchen gehalten, aber jetzt erlebte sie es gerade. Die Galerie, die Bilder, die Menschen wirkten verschwommen, wie eine Landschaft im Nebel, in der sich nur die Konturen dieses Griechen ganz klar abzeichneten.

Anna lebte in Bremen, er schon seit vielen Jahren in Düsseldorf, organisierte Ausstellungen in einem Museum, wie sie später erfuhr. Nikos war jünger als sie, und sie dachte damals, bei dem Aussehen und der Ausstrahlung müssen sich schon viele Frauen in ihn verliebt haben. Sie war auch nicht sicher, ob es ihn genau so getroffen hatte. Er wirkte bei all seinem Charme, den er verströmte, doch distanziert, fast schüchtern.

Anna hatte sich nach der Scheidung von Heinz einen Eispanzer zugelegt. Sie hatte diesen Mann damals geheiratet, um mit ihm alt zu werden, heute vielleicht eine etwas altmodische Ansicht. Heinz war für sie der Fels in der Lebensbrandung gewesen, sie hatte ihm ihre Liebe geschenkt und grenzenloses Vertrauen. Sie passte sich an, sie war glücklich mit ihm, dachte sie.

Es hatte einige Männer gegeben, die um ihre Gunst warben, darunter auch ein reicher Unternehmer, der ihr die Welt zu Füßen legte, sie aber entschied sich für Heinz, der nur ein Fahrrad hatte und wenig Geld, aber sie liebte ihn, sie fühlte sich bei ihm geborgen.

Die Suche nach Liebe, nach Aufgehobensein hatte ihr Leben bestimmt, seitdem sie, die früh ihre Eltern verloren hatte, unter Verlustängsten litt. Heinz liebte sie auch, fühlte sich aber umklammert, wie er ihr in einem der endlosen Gespräche nach der Trennung erklärte. Er befreite sich daraus, indem er fremd ging. Als Anna das erfuhr, brach für sie eine Welt zusammen, er hatte ihr grenzenloses Vertrauen missbraucht. Sie trennten sich, und Anna musste lernen, mit dem Alleinsein zurecht zu kommen, eine Tatsache, die sie nie wollte, und vor der sie Angst hatte.

Es dauerte eine Weile, bis ihr das gelang, aber mit Gefühlen hielt sie sich sehr zurück, sie hatte einfach Angst davor, wieder enttäuscht zu werden. Sie schaffte sich ihre Welt in der Literatur, las viel, verkaufte Bücher in einer Buchhandlung, die Freunden gehörte, und begann, Buchbesprechungen in einer Zeitung zu schreiben.

Ihr Leben war wieder in Ordnung, dachte sie, bis sie Nikos traf.

Amors Pfeil muss wirklich sehr spitz gewesen sein, dass er Annas Panzer durchdringen konnte.

Sie tauschten an diesem Abend in der Galerie in Worpswede ihre Adressen aus, und es wurde zunächst eine Brief- und Telefonbeziehung daraus, die sie immer vertrauter miteinander machte.

Sie trafen sich dann in Düsseldorf oder Bremen, wie es sich gerade ergab, und Nikos war aus Annas Leben nicht mehr wegzudenken. Sie war nach langer Zeit wieder glücklich, wenn ihr Verstand ihr auch hin und wieder sagte, das kann nicht gut gehen bei dem Altersunterschied, und überhaupt, hatte sie sich nicht geschworen, sich in Gefühlsdingen nicht mehr so festzulegen?

Irgendwann hatte er die Idee, mit ihr den Peloponnes zu bereisen, und bei der Gelegenheit sollte sie auch seine Mutter kennen lernen, die in einem Dorf in der Nähe von Olympia lebte. Anna war begeistert und stimmte zu.

Wunderbare Wochen begannen, nachdem sie in Athen gelandet waren, genau hier, wo sie jetzt wieder saß.

Ein erneuter Blick auf die Uhr. Ein Paar hatte sich neben sie gesetzt, ein Grieche, unverkennbar, und eine Deutsche, sehr verliebt, eine Urlaubsbekanntschaft? Fliegt sie zurück?

Anna fühlte sich sehr allein.

Nach ihrer Ankunft mieteten sie ein Auto für ihre Fahrt über den Peloponnes. Drei Tage wollten sie in Athen bleiben und wohnten in einem kleinen Appartement, das Nikos Familie gehörte in einem Haus mitten in der Stadt mit großblumigen Tapetenwänden, Plüschmöbeln, viel Schnickschnack in Vitrinenschränken, bis unter die Decke rankenden Pflanzen, beleuchtet von kleinen Kronleuchtern.

Anna fühlte sich griechisch gemütlich wohl, sie war angekommen in Nikos Heimat.

Am ersten Tag stiegen sie auf den Likavittos Hügel, einen 277 m hohen Kalksteinfelsen, der zusammen mit dem Akropolishügel das Stadtbild Athens beherrscht. Allerdings machten sie das nicht zu Fuß, sondern mit einer Zahnradbahn, die sich im Inneren des Berges befindet.

Oben angekommen hatten sie einen herrlichen Blick auf das Häusermeer der Vier-Millionen-Stadt und die sie umgebenden Berge, einfach überwältigend.

Abwärts benutzten sie nun doch den Fußweg, was Anna sehr anstrengend fand.

Gut, dass sie sich vorher in einer kleinen Taverne etwas gestärkt hatten. Am Fuß des Likavittoshügels liegt der kleine Platz Kolonaki im schicken Viertel gleichen Namens mit Galerien und Boutiquen bekannter Modeschöpfer. Hier treffen sich in Cafes und Restaurants Yuppies, Studenten, Lebenskünstler, die den Luxus leben oder jedenfalls davon träumen.

In einem kleinen Straßencafe erholten sie sich von dem Fußmarsch und spielten „Leute gucken", was hier genauso gut ging, wie in Düsseldorf an der Königsallee. Nikos und Anna hatten immer viel Spaß dabei und rankten ihre Geschichten um die Menschen.

Es zog sie weiter zum Sindagma-Platz, dem Repräsentationsplatz Athens, einem Viereck, umgeben von Grünanlagen mit Bänken und Cafes zum Verweilen.

Allerdings wird er umbrandet vom Straßenverkehr. Alles ist modern bis auf ein Gebäude, ein ehemaliges Königsschloss und jetziges Parlamentsgebäude, der Sitz des Präsidenten.

Vor dem Schloss halten Soldaten in historischen Trachten die Ehrenwache vor dem Grabmal des unbekannten Soldaten. Die Wachablösung ist ein Schauspiel besonderer Art. Alberne Touristen ließen sich mit den Wachsoldaten fotografieren, die das mit stoischer Ruhe und ohne die Miene zu verziehen über sich ergehen ließen.

Zum Abschluss des Tages tauchte Nikos noch mit Anna in das Altstadtviertel Athens ein, die Plaka. Er erzählte ihr, es habe sich in den letzten Jahrzehnten kaum verändert. Wer hier baute, müsse eigentlich unweigerlich auf Überreste aus der Antike stoßen und dann den Bau einstellen, dieses Risiko ginge keiner ein, außerdem seien die Kunstwerke unter der Erde sicherer, als an der Luft.

Die Luftverschmutzung ist hier ein großes Problem, bei großer Hitze in den Sommermonaten schwebt eine Wolke voller Schadstoffe über der Stadt und es ist sehr diesig.

Das sollte Anna aber die ganz besondere Atmosphäre Athens, die sie schon am ersten Tag spürte, nicht vermiesen.

Den Abend verlebten sie also in der Plaka, gerade keine Ruhemeile Athens. Menschen unterschiedlicher Nationalitäten schlenderten an wie

Perlen aufgereihten Läden vorbei. Viel Kitsch, Sweatshirts mit geschmacklosen Aufschriften neben Ikonen und der Antike nachempfundenen Skulpturen, was Anna schaudern ließ, aber es gab auch schöne Antiquitäten- und Schmuckgeschäfte.

Sie waren schon ein wenig müde vom vielen Laufen, und Nikos führte sie in ein ihm bekanntes Restaurant. Annas Vorspeisenteller, den sie wählte, war riesig, Auberginen, gebackenen Schafskäse, Fisch, warm und kalt, dazu tranken sie Rotwein vom Fass von der Insel Santorin. Anna war kaputt, etwas beschwipst und glücklich.

Der zweite Tag war dem Nationalmuseum Athens gewidmet. Nach einem langen Frühstück (nicht typisch griechisch, eher deutsch) in Nikos Wohnung machten sie sich auf den Weg zur weltgrößten Sammlung griechisch-antiker Kunstwerke.

Im Erdgeschoss befinden sich die Mykenischen Funde. Annas Blick fiel sofort auf die Vitrine mit den Goldfunden Heinrich Schliemanns, u.a. der Totenmaske des sagenumwobenen Königs Agamemnon.

Die Maske stammt aus der Frühzeit Mykenes ca. 1580 v. Chr..

Die ausgestellten Alltagsgegenstände der

Kykladenkultur aus dieser Zeit fand sie sehr „modern", für die heutige Zeit gar nicht so fremd, wirklich verblüffend.

So wanderten sie durch die Säle, bewunderten Skulpturen der einzelnen Epochen, besuchten den Hirtengott Pan und die Liebesgöttin Aphrodite. Obwohl schon etwas augenmüde, konnten sie doch das Obergeschoss des Museums nicht auslassen mit Wandmalereien von der Insel Santorin, vor dreitausendfünfhundert Jahren entstanden, in noch wunderbar erhaltenen erdig-pastellenen Farben.

Die Darstellungen zeigen einen Lebensstil, wie Anna ihn für diese frühe Zeit gar nicht für möglich gehalten hätte. Prächtig gekleidete Frauen sind zu sehen, herumtollende Kinder, Fischer mit ihrem Fang.

Auf einem langgestreckten Fresko wird von einer Schiffsreise berichtet mit Abbildungen von Schiffen und Häusern aus der damaligen Zeit.

Da konnte sie nur staunen, ebenso über die hier untergebrachte Vasensammlung mit den unterschiedlichsten Formen und einem unerschöpflichen Reichtum an Motiven, wie die Menschen lebten und liebten im ersten Jahrtausend v. Chr.

Völlig erschöpft und voller Eindrücke kehrten sie nach vielen Stunden dem Nationalmuseum den Rücken. Die Nachmittagshitze empfing sie und in einer nahe gelegenen Cafeteria stillten sie ihren Durst und sprachen über das Gesehene, das für Nikos ja nicht neu war, aber Annas Staunen und ihre Ehrfurcht vor den Dingen machten ihn stolz und glücklich.

Die Stunde des Rückflugs rückte näher. Könnte sie die Uhr doch zurückdrehen, aber was nützte das?
Allein auf dem Flughafen in Athen nach Wochen des Glücks, Anna war, als spielte sie in einem Film mit. Alles war so unwirklich.

Am dritten Tag in Athen eroberten sie die Akropolis, den Tempelberg mit den berühmtesten Ruinen auf einem hohen Felssockel, der nur von einer Seite zugänglich ist, sehr mühsam, für Anna jedenfalls.
Am eindrucksvollsten war der noch sehr gut erhaltene Parthenon, ein Bau aus dem fünften Jahrhundert, der mit seinen zweiundvierzig dorischen Säulen, die das Dach tragen, auf sie einen

erhabenen Eindruck machte. Für die Menschen damals war dieser Bau ein Meisterwerk, etwas noch nie da gewesenes, wie sie aus dem Reiseführer erfuhr, kein Tempel, aber ein Schatzhaus, mit dem die Athener ihre Macht und Überlegenheit ausdrückten.

Für den Abend hatte Nikos etwas ganz besonderes geplant.

Es wollte der Zufall, dass Mikis Theodorakis, der berühmte griechische Komponist, hier an diesem Abend den „Canto General" dirigierte, ein von ihm komponiertes Chorwerk, entstanden aus Gedichten von Pablo Neruda.

Anna kannte und liebte diese Musik und hatte wunderbare Erinnerungen daran, wenn sie sie mit Nikos gemeinsam in seiner Wohnung hörte, aber sie jetzt live zu erleben, mit Maria Farantouri in der Solo Partie, auf der Akropolis, mit Nikos an ihrer Seite, das war schon was ganz besonderes.

Der Abend war unbeschreiblich schön. Ein strahlender Vollmond beleuchtete die Bühne. Mikis Theodorakis, ganz in Schwarz, mit grauer Mähne, eine imposante Erscheinung, dirigierte eindrucksvoll Chor und Orchester. Vorwiegend Griechen, aber auch einige Touristen hatten sich hier eingefunden.

Maria Farantouri mit ihrer enormen Ausstrahlung und ihrer vollen warmen Stimme hatte
Anna sofort in ihren Bann gezogen. Schon als sie
anfing zu singen, liefen die Tränen, wie gut,
Nikos an ihrer Seite zu haben.

Die spanischen Texte Nerudas handeln von der
Vielfalt der Schöpfung Gottes, von Ausbeutung,
Unterdrückung, Befreiung und Gerechtigkeit. Die
Komposition Theodorakis entstand 1972/73 und
wurde in Paris uraufgeführt.

Es war die Zeit der Militärdiktatur in Griechenland, und diese Aufführung dort nicht erwünscht.

Die Musik ist nicht schleppend, klagend, sondern eher fröhlich, lässt hoffen. Während einige
Verse Nerudas von Leid und Schmerz berichten,
sind andere voll von Ironie über die Diktatur der
Fliegen in den von Amerika beherrschten
Bananenrepubliken. Nikos besaß außer der griechischen auch die deutsche Übersetzung der spanischen Gedichte. Anna hatte sie gelesen, aber
eigentlich wurde sie allein durch die Musik, den
Gesang, die mondene Atmosphäre, die Nähe von
Nikos getragen und schwebte auf einer Wolke
des Glücks.

Das war nun der letzte Abend in Athen, am
nächsten Tag sollte es weiter gehen. Anna konnte

sich kaum vorstellen, dass es noch eine Steigerung ihrer Urlaubserlebnisse geben könnte, aber die Fahrt hatte ja erst begonnen, und sie freute sich natürlich auf den Peloponnes und das Meer.

Auf dem Weg nach Nafplion war ihr erstes Ziel Epidaurus mit dem berühmten, antiken Theater und der alten Wirkungsstätte des Heilgottes Asklepios.

Die Fahrt, teilweise über einen Berg, auf einer kuvenreichen Strecke, erforderte die ganze Konzentration Nikos. Anna fühlte sich sicher und genoss die traumhaften Ausblicke auf die tief unten liegende buchtenreiche Küste.

Nea (Neu)-Epidaurus heißt ein kleines Dorf mit einer Burgruine, ein weiteres mit einem kleinen Fischer- und Yachthafen trägt den Namen Plaia (Alt)-Epidaurus

In der Antike war das der Hafen des Heiligtums des Heilgottes Asklepios. In brennender Sonne besichtigten sie das noch sehr gut erhaltene Theater von Epidaurus. Nikos stieg die fünfund-fünfzig Sitzreihen hinauf, Anna blieb unten sitzen auf einer Marmorbank von der aus sich früher bestimmt die Honoratioren der Stadt das

Spektakel auf der Bühne angesehen hatten.

Nikos konnte in zweiundzwanzig Meter Höhe ihre leisen Worte deutlich verstehen, ein tontechnisches Meisterwerk der Erbauer dieses Theaters 300 v. Chr.

Bei ihrer Ankunft in Epidaurus war Anna ein Bus aufgefallen, aus dem eine Gruppe schwarz gekleideter Männer gemischten Alters gestiegen war. Die bauten sich plötzlich vor der Bühne auf und begannen zu singen.

Es war ein Klangerlebnis, das sich mit Worten nicht beschreiben lässt, so wunderschön. Diese Gruppe war ein Männerchor auf dem Weg zu einem Auftritt an einem anderen Ort. Sie hatten von der außergewöhnlichen Akustik in diesem Theater gehört und wollten sich davon überzeugen. Wie gut, dass Anna und Nikos und natürlich noch einige andere gerade in diesem Moment auch da waren. Die Tränen rollten unter der Sonnenbrille über Annas Gesicht, es war einfach so ergreifend schön, ein ganz besonderer Augenblick, von dem sie sich gewünscht hätte, er würde sehr viel länger dauern, aber sie mussten ja weiter, die Herren, und nach einer erklatschten Zugabe verschwanden sie wieder.

Noch etwas betäubt vom Zauber des soeben

Gehörten besichtigten sie die Trümmer des in der Phantasie noch vorstellbaren Sanatoriums Asklepios aus dem 6. bis 5. Jahrhundert v. Chr. mit seinen Gästehäusern und Badeanlagen. Asklepios war ein Gott, dem wunderbare Heilungen nachgesagt wurden, der wohl sogar in der Lage gewesen sein soll, Tote wieder zu erwecken.

Das erfuhr Anna alles aus ihrem Reiseführer und aus den Erzählungen Nikos, der sich in der griechischen Götterwelt sehr gut auskannte.

In Nafplion angekommen, bewohnten sie ein kleines Hotel, eher eine Pension, in der Altstadt. Außer ihnen wohnte hier noch ein junges Pärchen. Der Hotelier, ein älterer, hagerer Grieche, schien hier alles allein zu machen, erstaunlich.

Abends schlenderten Anna und Nikos durch die engen mittelalterlich-venezianischen Straßen, erfrischten sich mit einem kühlen Wein in einem der vielen nebeneinander liegenden, von Touristen bevölkerten Restaurants auf dem Syntagma Platz und erklommen die mächtige Palamidi-Burg, die die Stadt überragt. Vom Burg Cafe aus hatten sie einen herrlichen Blick auf das beleuchtete Häusermeer von Nafplion.

Nikos war glücklich, Anna seinen Peloponnes zeigen zu können. Sie waren so vertraut miteinander, dass es ihr schien, sie kennen sich schon ewig.

Wie er auf Frauen wirkte, merkte sie an den bewundernden Blicken, die ihn streiften und natürlich auch sie, die Ältere. Sie konnte förmlich die Gedanken lesen. Es machte sie stolz, aber der Altersunterschied wurde ihr dann auch immer wieder bewusst. Ihn schien das nicht zu stören, er liebte sie auf seine Weise, das spürte sie.

Sie hatten schon Pläne gemacht für die Zukunft. Max, ihr gemeinsamer Freund in Worpswede, wollte seine Galerie anders nutzen. Neben der Kunst, die er natürlich weiter präsentieren wollte, plante er, ein mediterranes Bistro darin zu betreiben, und Nikos als Kunstkenner und Hobbykoch, ein sehr guter, wie Anna schon erfahren hatte, wollte er als Partner gewinnen. Nikos hatte sich noch nicht entschieden, immerhin musste er dann in Düsseldorf alles aufgeben. Sie hatte gar nicht zu hoffen gewagt, ihn schon bald in Ihrer Nähe zu haben, aber jetzt wurde ja sowieso vielleicht alles ganz anders.

Und konnte sie überhaupt den Alltag mit ihm leben?

Bisher hatten sie sich nur an Wochenenden gesehen, viel und lange miteinander telefoniert.
Gedanklich war sie immer mit ihm verbunden.
Bei Entscheidungen, die zu treffen waren, fragte sie sich, was hätte er jetzt wohl gemacht.
Sie sah häufig mit seinen Augen.
Sie lasen beide dasselbe Buch und sprachen hinterher darüber, und wenn sie griechische Musik hörte, war er immer gegenwärtig.
Aber das machte ja noch nicht den Alltag aus.

Ein erneuter Blick auf die Uhr, Anna hatte immer noch viel Zeit, ihren Gedanken nachzuhängen. Vielleicht war ihre Abreise doch sehr überstürzt gewesen.
War Nikos noch in Athen? Hatte er von ihrer Flucht erfahren? Erneut vertrieb die Erinnerungsreise ihre Traurigkeit.

Von Nafplio aus waren sie weiter gefahren nach Monemvasia, einer mittelalterlichen Stadt auf dem östlichen Peloponnesfinger. Die Fahrt führte durch eine blühende, duftende Landschaft, an Orangen-, Zitronen- und knorrigen

Olivenbäumen vorbei. Sie fanden eine Bleibe in Neu-Monemvasia in einem kleinen Hotel mit Blick auf die felsige Halbinsel, den Burgberg, der durch einen schmalen Damm mit dem Festland verbunden ist. Eine schon schwach leuchtende Mondsichel am Spätnachmittagshimmel, dessen Blau langsam in ein rosa-violett überging, begleitete Anna und Nikos auf ihrem ersten Spaziergang ins alte Monemvasia mit seinen verwinkelten Gassen und vielen kleinen Kirchen, früher sollen es mal vierzig gewesen sein, eine kleine Stadt auf einem Felsen, umgeben von einer noch gut erhaltenen Stadtmauer.

Im siebten Jahrhundert, so berichtete Nikos, gelangte sie durch den byzantinischen Kaiser zu hoher Blüte.

Als später die Osmanen den Peloponnes besetzten, konnten sie die Festung Monemvasia nicht erobern. Die Bewohner stellten sich unter den Schutz der Venezianer, daher der venezianische Ursprung der meisten erhaltenen Bauwerke. Heute leben nur noch einige Familien ständig hier.

Künstler, Aussteiger, Lebenskünstler, die sich nur eine bestimmte Zeit im Jahr hier aufhielten, betrieben Galerien, Souvenirläden, Bars und

Restaurants. Nikos kaufte Anna bei einem ihm bekannten Goldschmied eine wunderschöne Brosche, die sie schon im Schaufenster bewundert hatte.

Abends unter einem sternenübersäten Himmel mit einer leuchtenden Mondsichel saßen sie mit Blick auf die pittoresken kleinen Kirchkuppeln im Garten eines Restaurants, das der Nichte eines bekannten griechischen Lyrikers, Jannis Ritsos, gehört. Theodorakis hat einige seiner Gedichte vertont.

Anna hatte in Nikos Wohnung in Lyrikbänden von Ritsos geblättert, eins ihrer Lieblingsgedichte lautete:

Unbewegt
in jedem dunklen, engen Hof
steht doch ein Baum,
Zitrone, Pappel oder irgendein anderer -
ein Baum, vom Licht getroffen
und ohne Gewicht,
alle Augenblicke bereit zum Sprung
aus der Ummauerung.
Die Bäume – sie zwingen so die Sonne,
sich in ihren Zweigen festzuhalten
und den Sprung hinein zu tun.

- Gedichte kann man eigentlich nicht übersetzen -, das waren die Worte von Nikos. Als er es auf griechisch las, fand Anna es vom Klang und Rhythmus her wunderschön, aber sie verstand es ja nicht.

Bis Mitternacht saßen sie in diesem romantischen, lyrischen Garten. Die Nähe von Nikos, Zikadengesang, Lavendelduft, der Sternenhimmel, für Anna war es ein Gefühlsrausch, ein Moment, in dem das Leben den Atem anhielt.

Ihr nächstes Ziel war Githion, ein malerisches, fröhliches Hafenstädtchen am Lakonischen Golf. Sie fanden ein Hotel direkt an der Uferstraße. Nachdem sie eine enge, steile Treppe erklommen hatten, zeigte ihnen eine freundliche Griechin das einzige noch freie Zimmer, riesig mit drei Betten.

Sie erwarteten zwar niemanden mehr, aber da sie nicht weiter suchen wollten, und es sauber und ordentlich war, nahmen sie es. Von einem kleinen Balkon aus hatten sie einen Blick auf die Stadt und das Hafenbecken.

Es war fast Abend, und Anna und Nikos hatten Hunger. An der Uferstraße herrschte munteres Treiben. Aus einer Vielzahl von Tavernen und Restaurants suchten sie ein Fischrestaurant aus, es war eine gute Wahl. Satt und müde fielen sie dann nach einem Absacker in einer griechischen Bar spätabends ins Bett.

Githion ist malerisch, was den Hafen und die Landschaft drum herum betrifft, Sehenswürdigkeiten aus der Antike sieht man hier wenig, da waren sie doch von Monemvasia und Epidaurus schon sehr verwöhnt. Sie beschlossen, einen Badetag einzulegen und entdeckten etwas außerhalb eine malerische, menschenleere Badebucht.

Sie gehörte eigentlich zu einer Hotelanlage, die wie ausgestorben wirkte. Das Meer, endlich das Meer ganz für sie allein, glitzernd, türkisblau, verlockend. Anna war begeistert.

Sie legte sich mit Nikos in die Brandung, sie liebten sich, verschmolzen miteinander im prickelnden Wellenspiel des Meeres.

Am nächsten Tag nahmen sie Abschied von Githion, um über Sparta nach Mistra zu fahren, einer Stadt auf einem hohen Bergkegel des Taygetos, dem höchsten Gebirge des Peloponnes. Da ihnen eine anstrengende Gipfelbesteigung bevorstand, und sie das nicht unbedingt in glühender Mittagshitze machen wollten, waren sie schon sehr früh unterwegs.

Unter einem lila-rosa gefärbten Himmel fuhren sie in die aufgehende Sonne. Nikos saß am Steuer, wie meistens, und so konnte Anna das Erwachen der griechischen Landschaft so richtig genießen.

Gegen acht Uhr waren sie am mittleren Eingang der Burgstadt angekommen und beschlossen, in der Kühle des Morgens die Straße, die sich in Serpentinen bis hoch zum oberen Eingang schlängelte, zu Fuß zu gehen. Wie gut, dass sie trotz der Frühe des Tages doch gefrühstückt hatten.

Anna blieb häufig stehen, um die Ausblicke auf die Kuppeln byzantinischer Kirchen und die malerischen Ruinen zu genießen, aber auch, um Luft zu holen.

Es war doch ziemlich anstrengend, schließlich standen sie aber vor dem obersten Eingang. Noch waren sie die einzigen, es war eben noch sehr früh, und Nikos hielt ein Schwätzchen mit dem sehr freundlichen Kassenwart.

Zwischen Ruinen und struppigem Gebüsch stiegen sie auf felsigen Treppenwegen bis zur Gipfelburg hinauf und hatten einen hinreißenden Blick auf die sanft-hügelige Ebene tief unter ihnen, die noch im morgendlichen Dunst lag.

Aber sie spürten die immer kräftiger werdende Sonne schon und waren froh, in der Oberburg, dem ältesten Bauwerk Mistras, angekommen zu sein.

- Morgen habe ich bestimmt Muskelkater - dachte Anna, sie war ganz schön kaputt, aber dieser erneute Ausblick auf die bewaldeten Ausläufer des Taygetos Gebirges, zerfurcht von engen Schluchten, entschädigte die Mühen.

Auf ihrem Weg wieder bergab besichtigten sie einige Kirchen mit gut erhaltenem Freskenschmuck.

Es war inzwischen heiß geworden und in Mistra, sie hatten es von oben gesehen, waren Busladungen mit Touristen eingerollt.

Sie stiegen mühsam und schweißüberströmt den Berg hinauf und beneideten die beiden sicher, wie sie locker bergab schlenderten.

Die letzte Station ihrer Besichtigungstour war das erst im Jahre 1428 erbaute Pantanassa-Kloster, das immer noch bewirtschaftet wird. Auf der Brüstung des Arkadenumlaufs der Kirche saßen fröhlich schnatternde Touristen, ab und zu huschte eine schwarz verhüllte Nonne vorbei. Zwei Welten prallten aufeinander, das spürte man an den scheuen Blicken. In der Basilika des

Klosters standen einige Menschen die Augen nach oben gerichtet. Der Freskenschmuck der Panagia Pantanassa gehört zu den schönsten und am besten erhaltenen byzantinischen Malereien von Mistra, erklärte Nikos. Anna konnte sich nur schwer losreißen.

Zum Abschluss des Klosterbesuchs warfen sie noch einen Blick auf die Unterstadt und die knubbeligen Kirchenkuppeln und dann ging es zurück zum Auto. Sie fuhren nach Sparta, dort hatten sie ein Hotelzimmer gebucht.

Hier auf dem Flughafen in Athen war es inzwischen noch trubeliger geworden. Horden braungebrannter Rucksackleute hatten sich um Anna herum niedergelassen, die letzten Ansichtskarten wurden geschrieben, die sicher erst den Empfänger erreichten, wenn der Schreibende längst wieder vom Alltag eingeholt war. Sollte sie Nikos auch noch etwas schreiben und hier in den Briefkasten stecken? Nein, irgendwie war sie wie gelähmt, nur ihre Gedanken purzelten durcheinander, und ein bisschen Zeit hatte sie ja noch.

Von Sparta aus fuhren Nikos und Anna nach Pirgos, einer Stadt an der Westküste des

Peloponnes, in deren Umgebung Nikos Mutter in einem kleinen Dorf wohnte und von der aus Olympia nicht weit entfernt war, auf das Anna besonders gespannt war.

Sie konnte wieder die Landschaft genießen. An Mais- und Baumwollfeldern, an Olivenhainen, deren knorrige skurrile „Bewohner" sie besonders interessant fand, an Zitronenbäumen mit Früchten und Blüten zugleich an den Zweigen, vorbei reisten sie durch den griechischen Sommer.

Je näher sie seinem Heimatdorf kamen, desto stiller wurde Nikos. Ob es ihm bevorstand, Anna seiner Mutter vorzustellen? Sicher stellte sie sich die Freundin ihres Sohnes jünger vor, Anna wusste auch nicht, was er ihr über sie erzählt hatte. Nikos Vater war vor ein paar Jahren gestorben, mit der Hilfe ihrer riesigen Verwandtschaft bearbeitete sie ein Anwesen mit Olivenbäumen und Weinstöcken.

Irgendwann würde Nikos sicher nach Griechenland zurückkehren, um ihr zur Seite zu stehen, aber ohne Anna, wie sie ja jetzt wusste.

Warum hatte er ihr nie von dieser Griechin erzählt, die er heiraten sollte?

Er gab sich gern geheimnisvoll, aber mit seinem Charme und seinen Zärtlichkeiten übertünch-

te er manches, was Anna gern hinterfragt hätte.
Und wieder stellte sie sich innerlich die Frage:
War ihre Beziehung wirklich alltagstauglich?

Da saß Anna nun auf dem Flughafen von
Athen, war traurig und verzweifelt und ersann
tausend Gründe, warum es eigentlich überhaupt
nicht klappen konnte mit ihnen.
Dabei hatte sie einfach nur unendliche
Sehnsucht nach ihm.

Wenn du da bist
ist alles außer Kraft gesetzt
die Sehnsucht eines bunten Schmetterlings
nach einer blauen Blume
vor Jahren schrieb ich diese Geschichte
als ich dich schon kannte
und doch nicht kannte
die blaue Blume
Symbol für die Sehnsucht.
In Novalis „Heinrich von Ofterdingen"
heißt es:
„da standen unzählige Blumen
in allen Farben
und der köstlichste Duft erfüllte die Luft

er sah nichts als die blaue Blume
und betrachtete sie lange
mit unnennbarer Zärtlichkeit."
Die blaue Blume
mit der Farbe des Meeres und des Himmels
dem Duft der Sehnsucht
den Schwingungen der Liebe
du bist es
und wenn du da bist
ist alles außer Kraft gesetzt.

Am frühen Abend kamen sie in Nikos Heimatdorf an, einem typisch griechischen Ort mit Kafenion, einem kleinen Marktplatz mit einem großen Feigenbaum, unter dem die Männer des Dorfes sich treffen und einer kleinen Backsteinkirche mit runder Kuppel.

Sie hielten vor einem geweißten Haus mit grünen Fensterläden, und zwischen Oleander- und Hibiskus-Büschen, die den Weg säumten, begrüßte sie eine kleine, dunkelblonde, etwas korpulente Griechin, die ihren Sohn überschwänglich umarmte, Anna mit ihren großen dunklen Augen freundlich, aber zurückhaltend musterte und willkommen hieß.

Es war ihr nicht anzumerken, ob sie überrascht

war, weil sie sich die Freundin ihres Sohnes anders vorgestellt hatte.

Nun war Anna also da, und Nikos bereitete sie schon auf die Tanten, Onkel, Vettern und Cousinen vor, die sicher am nächsten Tag kommen würden, ihn zu begrüßen und sie zu begutachten. Sie war schon ganz aufgeregt.

Aber zunächst gab es zum Empfang ein typisch griechisches Abendessen. Dass seine Mutter eine sehr gute Köchin sei, hatte Nikos ihr schon erzählt, von seinen eigenen Kochkünsten hatte sie ja schon oft genug profitiert. Es gab eine vorzügliche Tomatensuppe, selbstgebackenes Brot, Bauernsalat, Spinatkuchen und als Dessert ein Olivenölgebäck. Sie verriet Anna später die Rezepte.

Am nächsten Morgen, nach einem griechischen Frühstück unter strahlend blauem Himmel auf der Terrasse beschlossen sie, schwimmen zu gehen.

Nikos hatte Anna schon von dem traumhaften Strand in Kaiaphas erzählt, der nicht weit entfernt war, wenn sie mit dem Auto fuhren. Als sie einen Parkplatz ansteuerten, sah Anna eine riesige Bodenwelle vor sich, wie einen Deich, dicht bewachsen mit Pinien, landschaftlich sehr schön, aber wo war das Meer? Nikos amüsierte sich, weil er Annas Gedanken erriet. Sie stiegen diese Erhebung empor und – Anna blieb wie angewurzelt stehen, welch ein grandioser Anblick: soweit man sehen konnte ein dünenartiger, weißer Strand und das Meer, blau in allen Schattierungen bis zum Horizont und kaum eine Menschenseele. Hier wollte sie ganz lange bleiben.

Nikos schwamm ziemlich weit hinaus, Anna hatte lieber den Strand sehr nah vor Augen, und als er zurückkam, hatte sie ihren Körper schon unter griechischer Sonne getrocknet.

Auf dem Flughafen spürte sie noch die Sonne auf ihrer Haut und dachte daran, wie sie sich in den Wellen geliebt hatten.

Es raubte ihr fast den Verstand, wenn sie daran dachte, dass diese Liebe plötzlich nicht mehr existieren sollte, in der sie sich doch schon wieder so eingenistet hatte, obwohl sie es nicht mehr wollte. Sicher, sie war ihr auch immer etwas unwirklich erschienen, der Verstand sagte ihr immer wieder, das kann nicht gut gehen. Die Zeile eines Gedichts von Erich Fried kam ihr in den Sinn:

„Es ist, was es ist, sagt die Liebe."

Anna lernte Nikos Verwandtschaft kennen und die so viel gelobte Gastfreundschaft der Griechen. Überall wurde sie herzlich und mit offenen Armen empfangen.

Der nächste Besichtigungsort, den sie sich vorgenommen hatten, war Olympia.

Es war wie immer seit ihrer Ankunft auf dem Peloponnes ein sonniger Morgen, als sie aufbrachen nach Olympia. Anna war ganz aufgeregt, als sollte sie zu einer olympischen Disziplin antreten.

Nikos, der sich sehr gut in der griechischen Mythologie auskannte, erzählte ihr auf der Fahrt von Zeus und dem Kronoshügel, an dem Olympia liegt: Kronos, gezeugt von Uranos, dem Himmel und Gaia, der Mutter Erde, hatte Angst, seine Macht zu verlieren.

Seine Kinder, die seine Schwester-Frau Rhea ihm gebar, fraß er auf. Beim letztgeborenen, nämlich Zeus, überlistete Rhea ihn, indem sie ihm einen in Tuch gewickelten Stein vorlegte und Zeus versteckte, so überlebte er, der später tatsächlich Kronos die Macht entriss und ihn durch einen Blitz erschlug.

Ziemlich gruselig, wie die Götter miteinander umgegangen waren, fand Anna.

Damals wurden die olympischen Spiele gegründet, und Zeus übernahm die Herrschaft über Olympia.

Nikos Erzählungen machten die Fahrt sehr kurzweilig, und am späten Vormittag standen sie vor dem Eingang. Sie waren wieder natürlich nicht die einzigen, viele Touristenbusse parkten dort schon, aber Anna war überrascht, dass sie gar nicht so viele Leute trafen, wahrscheinlich verlief sich das auf dem großen Gelände. Ruinenreste zwischen leuchtendroten Mohnblumen, das war ihr erster Eindruck.

Vom dorischen Zeustempel sind nur noch Säulenteile übrig, da er im sechsten Jahrhundert n. Chr. Opfer eines schweren Erdbebens wurde.

So wie die Säulen damals einstürzten, so lagen sie da, wie dicke Wurstscheiben hintereinander. Die Giebelfiguren, die einst den Tempel zierten, können nur noch im Museum bewundert werden.

Andächtig stand Anna in der Werkstatt, was davon noch übrig war, des Athener Bildhauers Pheidias, der einst die Zeusstatuen schuf, von denen allerdings keine mehr aufzufinden ist.

Im fünften Jahrhundert wurde aus dieser Werkstatt eine christliche Kirche, und irgendwie war auch gerade an diesem Ort die Atmosphäre ganz besonders. Überhaupt hatte Olympia für Anna einen ungewöhnlichen Zauber, den sie nicht richtig erklären konnte. Als sie durch den rundbogengewölbten Zugang zum Stadion ging, hörte sie förmlich die anfeuernden Rufe des Publikums.

Vom Jahr 776 v. Chr. ist der erste Olympiasieger im Stadionlauf überliefert. Als Lohn erhielt er einen Kranz aus den Zweigen des heiligen Ölbaumes, der vor dem Zeustempel stand, so las sie im Reiseführer.

Nur Männer waren zugelassen zu den olympischen Spielen. Frauen, die sich dahin wagten, und sei es auch nur als Zuschauerrinnen, wurden von einem Berg in den Tod gestürzt. Selbst die Göttinnen, allen voran Hera, die Gattin des Zeus, konnten daran nichts ändern. Aber all der strengen Männerherrschaft zum Trotz oder gerade deswegen, musste Anna feststellen, dass vom Tempel der Hera noch ein paar Säulen aufrecht standen im Gegensatz zu denen des Zeustempels.

Als sie diese Gedanken äußerte, konnte Nikos sich ein Lachen nicht verkneifen.

Sie waren etwas hungrig geworden nach dem Eintauchen in die Vergangenheit, und Nikos war zum Kiosk gegangen, um ein Sandwich zu besorgen, während Anna gedankenverloren auf einem alten Marmorblock saß. Da tippte ihr plötzlich jemand auf die Schulter. Nikos konnte noch nicht zurück sein, sie schaute sich um, und da stand doch tatsächlich Peter vor ihr, ein früherer Schulkamerad, den sie nach langer Zeit, zuletzt bei einem Klassentreffen vor einem Jahr, in Bremen gesehen hatte.

- Na, so eine Überraschung! -

Sie waren beide verblüfft, sich hier zu treffen. Er machte eine Gruppenreise zu den antiken Stätten des Peloponnes, wie er erzählte.

Peter, der Mädchenschwarm damals in der Schule, schwarzgelockt, große, dunkle Augen, Annas erste Liebe. Sie konnte ihn damals nur für sich gewinnen, weil sie so abweisend war, die Schwärmerei der anderen sie ärgerte, und sie so tat, als interessierte er sie überhaupt nicht, das hatte ihn wohl gereizt.

Was er nicht wusste, war, dass sie sich unsterblich in ihn verliebt hatte und stolz und glücklich war, als sie dann „miteinander gingen".

Aus dem schwarzen Haar war eine wuschelige, weiße Mähne geworden, seine Augen blitzten noch genau so, das hatte Anna bei ihrem Wiedersehen vor einem Jahr auch schon festge-stellt. Er besaß einen Verlag. Er hatte seine Frau und Tochter bei einem Autounfall verloren vor vielen Jahren. Er selbst hatte das Auto gegen einen Baum gefahren, betrunken. Seine Frau und Tochter waren sofort tot, er nur leicht verletzt.

Er war danach durch eine harte Schule gegangen, hatte sich aufgegeben, wollte nicht mehr leben ohne seine geliebte Familie. Freunde halfen ihm aus der Krise. Das hatte er Anna vor einem Jahr auf dem Klassentreffen erzählt. Sie hatten sich auf Anhieb wieder verstanden, als sie sich nach so langer Zeit wiedersahen, sprachen über seine Arbeit, die sie sehr interessierte, da sie ja gerade angefangen hatte, zu schreiben.

Aus dem früheren Sonnyboy war ein nachdenklicher, fast scheuer Mann geworden, den sicher oft die Last der Erinnerungen fast erdrückte. Anfänglich hatte er sie noch ein paar Mal angerufen, und sie hatte ihm von Nikos erzählt, gesehen hatten sie sich seitdem nicht mehr.

Nikos war inzwischen zurückgekehrt, sah die beiden auf den Marmorblöcken sitzen, angeregt ins Gespräch vertieft. Es mochte ihm schon komisch erschienen sein, musste er doch denken, ein Fremder hätte Anna angesprochen.

Als höflicher Grieche ließ er es sich nicht anmerken Sie machte die beiden miteinander bekannt.

Gern hätte sie Peters Gedanken gelesen.

Seinem Mienenspiel nach zu urteilen, schien er etwas überrascht. Nikos Alter hatte sie ihm nämlich verschwiegen, um ironische Bemerkungen zu vermeiden. Etwas distanziert, einander abtastend, unterhielten sich die beiden über Olympia, die Faszination dieses Ortes, die Peter auch verspürte.

Nach einem Blick auf die Uhr stellte er fest, dass er sich wieder an seinem Bus einfinden müsste.

- Wenn wir wieder in Bremen sind, müssen wir unbedingt unsere Reiseerlebnisse austauschen, melde dich doch bitte. -

Mit diesen Worten sauste er davon, er war wohl schon spät dran. Aus diesem Grund hasste Anna Gruppenreisen, nie konnte man an einem Ort so lange verweilen, wie man wollte, die Anordnungen des Reiseleiters waren zu befolgen.

Welches Glück, mit Nikos zusammen den Peloponnes zu erkunden.

Er war noch mal gegangen, um sich ein weiteres Sandwich zu holen.

Versonnen saß sie immer noch auf diesem Steinblock inmitten eines Meeres von Mohnblumen und hing ihren Gedanken nach. Was war nur in sie gefahren? Nachdem sie Peter ganz unvorbereitet hier getroffen hatte, breitete sich Unruhe in ihr aus. Er war so alt wie sie, immer noch sehr attraktiv, und sie fühlte sich wohl in seiner Gegenwart, sie konnte sich so geben, wie sie war. Bei Nikos konnte sie das auch, obwohl sie sich im Unterbewusstsein natürlich immer des Altersunterschiedes bewusst war, Schritt halten wollte mit ihm und bei Diskussionen, wenn sie sich ereiferten, manchmal dachte: Na ja, er gehört ja auch einer anderen Generation an.

Er beharrte sehr auf seiner Meinung, ob es sich um Politik, Kunst oder Religion handelte, was Anna manchmal störte, aber sie liebte ihn und mit seinen Zärtlichkeiten hatte er schnell alles wieder weggewischt. Sie hatte ja auch ihre Macken, die er tolerierte. Ach was, sie befahl ihrer Unruhe, sich davon zu schleichen und beschloss, ihren Urlaub mit Nikos weiter zu genießen.

- Was ist los, hat dieses Zusammentreffen mit Peter dich so aus der Fassung gebracht? -

Nikos war wieder da und hatte ihre Nachdenklichkeit wohl bemerkt, vielleicht hatte er sie auch schon eine Weile beobachtet. Er setzte sich neben sie, nahm sie in den Arm, und als sie seine Nähe und Wärme spürte, hatte sie Peter schnell vergessen. Außerdem hatte er eine Überraschung für sie. Am Kiosk hatte er erfahren, dass dieses antike Gelände in Vollmondnächten für das Publikum geöffnet blieb, und es war wieder Vollmond. Inzwischen war es Spätnachmittag geworden.

Dieses flirrende, ganz besondere Licht in Griechenland, der rosa pastellfarbene Himmel, der den Sonnenuntergang ankündigt, bezauberte Anna immer wieder.

Nach einem wunderbaren Essen kehrten sie also zurück in die Antike, um sie unter einem sternenübersäten Nachthimmel mit einem riesigen leuchtenden Mond ganz anders zu erleben. Sie waren nicht die einzigen, aber das war unwichtig, es war ein kostbarer, unvergleichlicher Augenblick.

Sie sahen, fühlten, spürten nur sich, das Licht des Mondes umhüllte sie wie ein Mantel.

Spät in der Nacht fuhren sie nach Hause. Sie betrachtete es mittlerweile wirklich als ihr vorübergehendes Zuhause, das lag an der Herzlichkeit mit der sie aufgenommen worden war.

Sie schliefen lange, gingen schwimmen, und am Abend sahen sie sich einen Videofilm an, den sie mitgebracht hatten: „Die Ewigkeit und ein Tag", gedreht von dem griechischen Regisseur Angelopoulos mit dem deutschen Hauptdarsteller Bruno Ganz, den Anna sehr verehrte.

Sie hatten den Film in Bremen im Kino gesehen und wollten ihn in Griechenland noch mal erleben, weil er sie so fasziniert hatte. Filme in dem Land zu sehen, in dem sie spielen und Bücher in dem Land zu lesen, in dem die Handlung sich abspielt, fand Anna immer schon besonders, sie bekamen einen ganz anderen Stellenwert.

Nikos Mutter gesellte sich zu ihnen, sie konnte ganz gut deutsch, da sie, als ihr Mann noch lebte, ein paar Mal Deutschland über einen längeren Zeitraum besucht hatte, sonst wäre die Verständigung auch schwierig gewesen, da Annas paar Brocken Griechisch für eine Unterhaltung nicht ausreichten.

Der Film spielt in Nordgriechenland.

Ein alter griechischer Dichter (Bruno Ganz) sitzt in seiner leeren Wohnung auf gepackten Koffern, um am nächsten Tag die Reise ins Krankenhaus anzutreten, das Ende seiner Lebensreise, wie er ahnt, denn er ist schwerkrank. Auf dieser letzten Reise, auf der er versucht, seinem Hund eine neue Heimat zu geben, trifft er auf einen armenischen Jungen, den er vor Verschleppung und vor den Grenzsoldaten rettet. Er freundet sich an mit ihm, denn beide sind einsam.

Der Junge erzählt ihm die Geschichte seiner Flucht, der alte Mann berichtet von einem Dichter, der im Exil lebte, und als er in seine Heimat zurückkehrte, Worte kaufte, um dichten zu können, ein Märchen, aber irgendwie auch seine Geschichte.

Die Erinnerungsbilder im Film sind farbig, die Gegenwartsbilder düster, neblig, regnerisch. Buntes Strandleben mit seiner Familie, seiner geliebten Anna wird gezeigt, die seine Liebe nur ahnen konnte, da er solange im Exil war, um schreiben zu können.

Die Zeit wird durchsichtig in diesem Film. Die Gegenwart gleitet in die Vergangenheit und umgekehrt.

„Die Zeit ist ein Kind, das mit Murmeln spielt am Strand."

„Schenk mir diesen einen Tag."

„Diesen Augenblick möchte ich einfangen wie einen Schmetterling."

„Ich bin nur eine Frau, die liebt."

Alexandros fragt seine Anna: - Wie lange ist

morgen? Annas Antwort: - Die Ewigkeit und ein Tag. -

Diese Worte aus dem Film hatten sich bei Anna eingeprägt. Die Faszination, die sie für diesen Film empfand, sie hatte ihn schon ein paar Mal gesehen, hing sicher mit ihrer Liebe zu Nikos und Griechenland zusammen.

Auf der Reise, seinen Hund unterzubringen, trifft er auch seine Haushälterin auf einer Hochzeit.

„Ich verheirate meinen Sohn", sagt sie.

Als Anna diese Worte im Film hörte, ahnte sie noch nicht, dass es das auch im wirklichen Leben gab.

Auf dem Flughafen rückte die Zeit ihres Abflugs immer näher. Es war ein Kommen und Gehen, üblicher Flughafenrummel. Sie saß immer noch wie angewurzelt auf ihrem Platz und sah alles wie durch einen Nebel.

Nikos

Nikos hatte die Bahnfahrt nach Athen gewählt, weil sie länger dauert. Er musste nachdenken. Was hatte ihn bewogen, mit Anna in sein Heimatdorf zu fahren? Er wollte ihr seinen Peloponnes zeigen, hatte aber nicht bedacht, hier von der Vergangenheit eingeholt zu werden.

Seit vielen Jahren lebte er in Deutschland, in der Nähe von Düsseldorf, in einer kleinen Wohnung.

Er besaß eine riesige CD- und Plattensammlung mit griechischer Musik, mit der er die Frauen betörte, die ihn besuchten, und seine Kochkünste gehörten auch dazu. Die Frauenherzen flogen ihm zu, obwohl er eigentlich ganz schüchtern war. Im Alter von achtzehn Jahren hatte er Griechenland verlassen, um in Deutschland Kunstgeschichte zu studieren.

Die deutsche Sprache lernte er schnell, und Kunst und Bücher faszinierten ihn. Er hatte auch begonnen, zu malen, doch als Perfektionist sah er sehr schnell ein, dass Andere das besser konnten.

Nach dem Kunstgeschichtsstudium kehrte er

kurz nach Griechenland zurück, kellnerte in einem Restaurant und -

Nikos unterbrach seine Gedankenreise. Eine Frau, die sich vor ein paar Stationen ihm gegenüber gesetzt hatte und ihn seitdem unverhohlen musterte, versuchte gerade, ein Gespräch mit ihm zu beginnen, indem sie ihn auf die wunderbare Küstenlandschaft aufmerksam machte, an der der Zug gerade vorbeisauste. Eine Touristin offensichtlich, die ihn auch wohl für einen Touristen hielt. Er tat so, als hätte er sie nicht verstanden, er hatte einfach keine Lust auf Unterhaltung.

Natürlich genoss er seine Wirkung auf Frauen, ohne den Wunsch zu haben, sich an eine zu binden, bis jetzt jedenfalls nicht, war er doch..., dieses wollte er lieber nicht zuende denken, dem war er gerade entflohen, indem er in den Zug nach Athen gestiegen war.

Vor ein paar Jahren schloss er sich einem Begleit-Service an. Er bot also Frauen, die nicht allein ins Theater oder ins Konzert wollten, seine Gesellschaft an, gegen Bezahlung natürlich. Er hatte Erfolg damit, einige verliebten sich in ihn, aber es blieb nur bei der Begleitung. Was ihm manchmal Angst machte, war, dass er seine Gefühle so unter Kontrolle hatte, dass er sich nicht fallen lassen konnte, denn es passierte natürlich auch, dass er sich verliebte, aber sein Vorsatz, sich nicht binden zu wollen, war stärker, und das war wiederum der Grund, dass er sein Fühlen verborgen hielt, ein Kreis, in dem er sich bewegte.

Anna lernte er in der Galerie seines Freundes Max in Worpswede kennen, als er mal wieder einem Gefühlschaos in Düsseldorf entflohen war. Er nahm sie zuerst gar nicht wahr, merkte dann aber, dass ihre Blicke sehr intensiv auf ihn gerichtet waren, und dann stellte Max sie ihm vor als eine Freundin der Galerie.

Sie verwickelte ihn in ein Gespräch über die Bilder, oder war es umgekehrt? Beim Betrachten der Bilder musterte er sie aus den Augenwinkeln. Sie war älter als er, nicht ganz schlank, hatte blondes Haar und große braune Augen. Er hatte während des Gesprächs ihre große Ausstrahlung gespürt und sich plötzlich gewünscht, sie näher kennen zu lernen.

Als die Galerie schloss, lud Max ihn und einige andere, darunter auch Anna, ein, in einem nahe gelegenen italienischen Restaurant zu essen. Nikos saß ihr gegenüber und spürte wieder, wie ihre Blicke sich an ihm fest sogen, und als sie sich spät am Abend verabschiedeten, gab sie ihm ihre Telefonnummer und bat ihn, sie anzurufen. Er übernachtete bei Max. Am nächsten Morgen beim Frühstück zog Nikos bei ihm Erkundigungen über Anna ein. Er erfuhr, dass sie nach einer Scheidung allein lebte in Bremen, manchmal in einer Buchhandlung aushalf und Buchbesprechungen in einer Regionalzeitung schrieb.

- Bücher sind ihre Leidenschaft -,

etwas überrascht hatte Max ihn betrachtet,

- warum dieses Interesse für Anna? Sie ist älter als du. Sie ist ein wunderbarer Mensch, also spiel nicht mit ihren Gefühlen, ich habe wohl gemerkt, wie sie dich mit ihren Augen verschlungen hat. -

Eifersucht konnte das nicht sein, Max interessierte sich mehr für Männer.

Nikos fuhr zurück nach Düsseldorf. Anna ging ihm nicht aus dem Kopf, so etwas hatte er lange nicht erlebt, er hatte sich unheimlich wohl gefühlt in ihrer Gegenwart.

Er rief sie an, ihre Stimme klang erfreut, aber nicht überrascht. Er hatte den Eindruck, sie hatte fest mit seinem Anruf gerechnet. Es wurde ein langes Gespräch, in dem sie sich gegenseitig abtasteten.

Anna schien ein sehr offener Mensch zu sein,

während er gelernt hatte, nicht allzu viel von sich preiszugeben. Sie hielt mit dem Wunsch nicht hinter dem Berg, dass sie ihn wiedersehen wollte.

Ihn freute und amüsierte das, es reizte ihn aber auch, sie einzuladen, obwohl er die warnenden Worte von Max noch im Ohr hatte.

Also trafen sie sich nach einiger Zeit mit vielen Telefonaten in Düsseldorf. Er holte sie vom Bahnhof ab, er wohnte nicht direkt in der Stadt, sondern in einem kleinen Vorort und hatte ihr auf ihren Wunsch hin ganz in der Nähe in einem kleinen Hotel ein Zimmer reserviert.

Sie sah gut aus, das konnte er kurz feststellen, als sie aufeinander zugingen, und bevor er seine griechischen Wangenküsse verteilen konnte, hatte sie ihn schon umarmt und ihre Lippen auf seinen Mund gedrückt. Es kam ihm vor, als kannten sie sich schon lange und er fühlte sich wieder sehr wohl in ihrer Nähe.

Er schlenderte mit Anna über die Königsallee, die Prachtstraße Düsseldorfs mit Boutiquen bekannter Modeschöpfer, die eine große Anziehungskraft auf ihn ausübten. Er kleidete sich gern schick und teuer, merkte aber auch, dass das nicht Annas Welt war.

Sie bestaunte die unterschiedlichen Menschen, die diese Straße bevölkerten, aufgemotzte junge Mädchen, die irgendwelchen Models nacheiferten, elegante Frauen, Männer mit Aktenköfferchen und wichtiger Miene, Paare, denen man das Geld an der Nasenspitze ansah, Touristen mit der Kamera um den Hals, aber auch Bettler, junge und alte.

Nikos spürte, dass die Masse Mensch Anna nicht behagte. Sie wirkte angespannt, als sie sich in einem Cafe gegenüber saßen, wieder inmitten vollbesetzter Tische. Vielleicht wollte sie auch lieber mit ihm allein sein, und das äußerte sie dann auch, und er fuhr mit ihr in seine Wohnung.

Nikos schaute aus dem Zugfenster, war doch verdammt lang, diese Bahnfahrt, aber nun musste er bald in Athen sein, er wollte ein paar Freunde treffen. Ob er ihnen von Anna erzählen sollte? Er wusste es noch nicht.

Was sie jetzt wohl machte. Er hatte sie mit seiner Mutter allein gelassen. Gestern hatte sie ihn unter Druck gesetzt, Anna endlich die Wahrheit zu sagen und ihn in Gewissenskonflikte gestürzt. Das hatte er alles schon einmal erlebt. Er musste sich über einiges klar werden und hatte dann unter dem Vorwand, dass ein Freund ihn dringend braucht, diese Reise angetreten. Sie hatte natürlich mitkommen wollen, aber mit dem Argument, dass sie und seine Mutter sich ohne ihn besser kennen lernen könnten, überzeugte er sie, zu bleiben, und er wollte ja schnell zurück sein.

Er liebte Anna, das hatte sich entwickelt, ohne dass er das wollte, er fühlte sich so sicher, so aufgehoben bei ihr. Nach ihrem Besuch in Düsseldorf hatten sie sich immer wieder getroffen, mal dort, mal in Bremen und oft lange Telefongespräche geführt

Er traf andere Frauen, machte ja auch hin und wieder noch seinen Begleitservice, aber zu keiner fühlte er sich so hingezogen wie zu Anna.

Sie war viel älter als er, konnte keine Kinder mehr bekommen, aber wollte er das? Seine Familie erwartete das von ihm, lag ihm schon länger in den Ohren, endlich eine eigene Familie zu gründen, und jetzt hatte er Anna mitgebracht, welcher Teufel hatte ihn bloß geritten, und sie dann noch mit seiner Mutter allein zu lassen. Er wurde unruhig.

In dem Moment hielt der Zug, er war angekommen in Athen und tauchte erst mal in das hektische Stadtleben ein.

Anna

Ein paar Tage nach dem Filmabend fuhren
Anna und Nikos mit der Fähre nach Zakynthos,
einer der Westküste des Peloponnes vorgelager-
ten Insel, der am dichtesten besiedelten
Griechenlands. Es gibt eine Stadt gleichen
Namens und viele Dörfer, die Insel ist grün,
wohin das Auge blickt.

Fichten und Zypressen bedecken die Berge und
Hügel und die dazwischen liegenden Täler sind
mit Wein, Obst- und Olivenbäumen bepflanzt.

Da sie ein Auto hatten, bezogen sie ein
Quartier außerhalb der Stadt auf einem Berg in
einem kleinen Hotel, dass noch nicht ganz fertig
gestellt war.

Unfertige Bauten waren häufig in Griechenland
zu sehen. Die Besitzer vermieteten die Räume im
Erdgeschoss und je nach Geldeinnahme setzten
sie nach und nach die Stockwerke drauf.

Die Besitzer dieses Hotels waren sehr liebens-
werte Leute. Er, bärtig und langhaarig, hätte auch
Künstler sein können, sie, vom Aussehen her eine
typische Griechin, wirkte eher etwas bieder. Sie
musterte Anna ein wenig skeptisch, aber mit

einem Griechen an ihrer Seite taute sie bald auf. Sie kochte vorzüglich, wie sie bald feststellten. Zum Empfang gab es einen gerade frisch gebackenen Olivenölkuchen, mächtig, aber köstlich, Anna hatte ihn ja schon bei Nikos Mutter gekostet. Sie verriet ihr auch das Rezept, das heißt, Nikos übersetzte, und Anna schrieb es auf. Sie hatten von der Terrasse aus im ersten Stock, den gab es schon, einen herrlichen Blick auf eine toskanisch anmutende Landschaft.

Nur Griechen bewohnten das Hotel, Anna war die einzige Ausländerin.

Am Tag nach ihrer Ankunft erkundeten sie die Stadt und fanden heraus, wo die schönsten Strände waren.

Zakynthos, die Insel, ist sehr bergig und kurvenreich, und viele Touristen, denen ein Auto mieten vielleicht zu teuer war, fuhren mit einer gemieteten Vespa durch die Gegend. Anna hatte noch nie soviel an Armen und Beinen bandagierte Urlauber gesehen, wie hier. Rollerfahren in kurviger, unbekannter Gegend verlieh wohl leider keine Flügel. Gut, dass sie mit dem Auto unterwegs waren, da Nikos diese Insel ja auch nicht kannte.

Zakynthos hat nicht viel an archäologischen Funden zu bieten. Die Landschaft ist einfach atemberaubend schön. Im Norden finden sich herrliche Badebuchten, von denen ihnen die von Alikes und Tsilivi am besten gefielen, flache, weiße Sandstrände und tiefblaues Meer.

Die Insel wurde von vielen Erdbeben heimgesucht, das schlimmste war im August 1953. Da wurde die Stadt Zakynthos fast völlig zerstört. Ein anschließender Brand, der zehn Tage wütete, vernichtete den Rest.

Die heutige Stadt ist auf den Ruinen der alten aufgebaut mit sicheren Fundamenten, aber nach den architektonischen Vorbildern aus der Vergangenheit, um ihren Charakter zu erhalten.

Aus der Vogelperspektive wirkt die Stadt wie ein schmales Band zwischen dem Blau des Meeres und dem Grün der Berge und Hügel des Hinterlandes.

Am nächsten heißen Vormittag war ihr Ziel Volimes, ein kleines Bergdorf. Durch kleine, putzige Dörfer mit engen, kurvigen Straßen, vorbei an weißgetünchten Häusern und Gärten mit einer Blütenpracht, die Anna hier immer wieder auffiel, Geranienbäumen, leuchtend rot, Hybiscus in allen Farben, Zitronen- und Orangenbäumen.

Sie fuhren über kahle und grüne Berge und waren bald in Volimes.

In einem kleinen Kafeneion tranken sie Wasser und aßen griechischen Salat. Dann durchstreiften sie das urige Dorf, trafen viele freundliche Leute, die hier überwiegend von dem Verkauf handgearbeiteter Teppiche und Tischdecken leben. Sie erstanden eine weiße, gestickte Decke, die sie Nikos Mutter mitnahmen.

Sie ließen Volimes hinter sich und fuhren nun südlich auf kurvenreicher Strecke an der Felsküste entlang mit atemberaubenden Ausblicken auf smaragdenes und tiefblaues Wasser, raue Felsen, Höhlen, die in vielen Farben leuchteten.

Die meisten kleinen Strände waren nur vom Wasser aus zu erreichen. Sie hielten ganz oft an, um diese wilde Schönheit der Natur in sich aufzunehmen. Nikos war erstaunt, dass er diese Insel, praktisch vor seiner Haustür, noch nie besucht hatte.

Sie besichtigten noch eine Kirche in dem kleinen Dorf Macherado mit einem venezianischen Glockenturm und innen reich ausgestattet mit byzantinischen Gemälden und wunderbaren Holzschnitzereien, die einzige Kirche, so erfuhren sie aus dem Reiseführer, die 1953 von dem Erdbeben total verschont geblieben war.

Zurück im Hotel hielt man wieder Leckeres für

Anna und Nikos bereit, obwohl das nur ein Frühstückshotel war, aber die beiden kochten eben gern und reichlich und hatten sie wohl in ihr Herz geschlossen.

Diesmal gab es Artischocken mit verschiedenen Saucen, nicht so lecker für Anna, aber Nikos war begeistert.

Am Tag vor ihrer Abreise fuhren sie noch nach Laganas im Osten der Insel, sehr touristisch, da hatten ihnen Alikes und Tsilivi besser gefallen. Allerdings konnten sie dort eine riesige Meeresschildkröte schwimmen sehen, von weitem, aber immerhin. Im Winter, so erfuhren sie, vergräbt sie hier am Strand von Laganas ihre Eier.

Sie reisten zurück in Nikos Elternhaus, und der Tag war nah, an dem Anna es fluchtartig verlassen sollte.

Es dauerte nun nicht mehr lange, bis der Flug aufgerufen wurde. Anna fragte sich immer wieder, hatte sie alles richtig gemacht? Sie sah noch das entsetzte Gesicht von Nikos Mutter, als sie ging. Er würde ihr Vorwürfe machen.

Wie sollte es jetzt weitergehen? Eine Liebe begraben, das hatte sie schon einmal müssen in ihrem Leben und sich geschworen, dass ihr das nicht noch einmal passierte. Sie wollte niemanden mehr so nah an sich heran lassen, was ihr ja mit Nikos „wunderbar gelungen" war.

Ihr schwirrte der Kopf.

Mitten im Flughafenrummel fühlte sie sich mutterseelenallein.

Peter

Peter war von seiner Peloponnes-Kulturreise zurückgekehrt nach Bremen. Er bewohnte ein altes Bremer Haus mit Souterrain. Dort war das Verlagsbüro untergebracht. Die Zimmer des Hauses mit hohen Stuckdecken und Parkettfußböden waren spärlich möbliert, im Wohnzimmer standen Regale voller Bücher und ein rotes Sofa. Darauf saß er und dachte über seine Reise nach.

Eigentlich hasste er Gruppenreisen, aber diese hatte ihn zu allen antiken Stätten des Peloponnes geführt, und er musste sich nur darauf einlassen ohne vorher etwas auszuarbeiten, und er war mit Leuten zusammen, die dasselbe wollten, das antike Griechenland erleben. Dieses Mal hatte er sich allerdings ziemlich allein gefühlt, da er mit lauter Paaren zusammen war, die ihm signalisierten, dass sie für sich sein wollten.

Anna in Olympia zu treffen hatte ihn sehr gefreut. Sie war eine tolle Frau, das hatte er auf dem Klassentreffen vor einem Jahr auch empfunden. Sie hatte ihm von ihrem Freund erzählt, einem Griechen, und sie hatte sehr glücklich gewirkt. Den hatte er ja nun kennen gelernt in Olympia, ein bisschen zu jung für sie, hatte er gedacht, und irgendwie war er ihm bekannt vorgekommen, als hätte er ihn schon einmal gesehen.

Seit dem Tod seiner Frau, aber eigentlich schon vorher, hatte er an sich etwas entdeckt, was er bekämpfte, nicht wahrhaben wollte, was aber immer stärker wurde, sein Interesse an Männern, mehr als an Frauen.

Er hatte Clara, seine Frau, die allerdings auch jünger war als er, kennen gelernt, als er in einem Verlag in Hamburg arbeitete. Sie war Journalistin und hatte in einem Kurzgeschichten-Wettbewerb einen Literaturpreis gewonnen. Es gab eine Lesung in einer Hamburger Buchhandlung, und Peter war von seinem Verlag dorthin geschickt worden.

Clara, eine Kindfrau, klein, zierlich, natürlich, offen. Er verliebte sich an diesem Abend in sie.

Sie hatte eine Geschichte geschrieben über einen Mann, der durch einen Unglücksfall alles verliert, was sein Leben ausmachte. Er wird zum Obdachlosen und Bettler. Es war eine fiktive Geschichte, und Peter hatte sie später oft gefragt, wie sie sich in die Situation dieses Mannes versetzen konnte, was sie bewogen hatte, diese Geschichte zu schreiben. Sie interessierte sich für Menschen, die am Rande der Gesellschaft lebten und für den Hintergrund, wie es dazu gekommen war. Sie hatte für diese Erzählung mit Obdachlosen gesprochen, die dazu bereit waren, und dabei viel Trauriges erfahren. Einmal hatte sie Peter gefragt, ob er sich vorstellen könnte, auch mal in eine solche Lage zu kommen, ein schwieriger Gedanke, wenn ein Leben in geordneten Bahnen verläuft. Seine Antwort war ausweichend gewesen, aber vorstellen mochte er sich das damals ernsthaft nicht.

Sie ließen sich nach dem Abend der Lesung nicht wieder los und wurden bald ein Paar. Sie zogen in die Nähe von Düsseldorf, da Clara dort in einem kleinen Dorf ein Haus geerbt hatte. Ein Haus in Griechenland, das sie besaß, hatte sie verkauft, Peter hatte es nie kennen gelernt. Sie sprach nicht gern darüber, und er akzeptierte das. Sie war freie Mitarbeiterin einer Zeitung und schrieb an einem Roman, und er war unterwegs für verschiedene Verlage. Peter liebte Clara, aber es war mehr eine Seelen-, als eine Körperliebe. Clara spürte das, obwohl es bei ihr eine Liebe auf allen Ebenen war. Beide wollten ein Kind.

Nach zwei Jahren wurde Laura geboren, und Clara war glücklich. Ihre ganze Liebe gehörte jetzt diesem kleinen Wesen, und Peter rutschte etwas in den Hintergrund. Sie blieb zuhause und schrieb weiter an ihrem Roman, einer Liebesgeschichte zwischen einer Deutschen und einem Griechen.

Sie hatte sich einmal in einen jungen Griechen verliebt, das hatte sie ihm erzählt, nur das. Wann das war und wo, das wusste er nicht, vielleicht hing das mit dem Haus zusammen, irgendwann würde er es sicher noch erfahren. Die Beziehung war jedenfalls beendet, als Peter sie kennen lernte. Clara war sehr besitzergreifend, wenn es um die Liebe ging. Sie wollte für den Mann, den sie liebte, das Wichtigste auf der Welt sein. Damit hatte sie den jungen Griechen wohl überfordert.

Er hatte ihr in der kurzen Zeit ihres Zusammenseins die Liebe zu Griechenland vermittelt, der Landschaft, den besonderen Farben, dem Meer. Peter hatte mit ihr einmal Urlaub auf Kreta gemacht. So ganz hatte sie den Griechen wohl nicht vergessen, jedenfalls begann sie, diese Liebesgeschichte zu schreiben, vielleicht auch mit einer Sehnsucht nach der vollkommenen Liebe behaftet, die sie bei Peter nicht gefunden hatte.

Er hatte sie geliebt auf seine Weise, aber die ganz großen Gefühle, die sie erwartete, hatte er ihr nicht geben können.

So war er immer länger und häufiger auf Reisen, und wenn er abends allein im Hotel saß, sprach er dem Alkohol mehr zu, als ihm gut tat. Und dann passierte das Furchtbare.

Sie waren auf einer Autorenlesung eines Verlages, den er vertrat, in einer Düsseldorfer Buchhandlung. Er hatte Clara und auch Laura mitgenommen, sie hatten keinen Babysitter gefunden. Peter war tagsüber mit dem Autoren durch Düsseldorf gezogen, hatte beim Essen und auch zwischendurch schon allerhand getrunken und das setzte sich nach der Lesung fort, als alle noch gemütlich beisammen saßen. Laura schlief in einem Nebenzimmer. Als sie dann nachts aufbrachen, merkte keiner, dass er zum Autofahren viel zu betrunken war, er am allerwenigsten. Er musste wohl ganz kurz eingenickt sein, jedenfalls verlor er in einer Kurve die Kontrolle über das Auto, er hatte noch Claras Schrei im Ohr, und prallte gegen einen Baum. Clara und Laura waren so schwer verletzt, dass sie, ohne das Bewusstsein wiedererlangt zu haben, im Krankenhaus starben. Er selbst kam mit Rippenbrüchen und

Prellungen davon, aber eigentlich war sein ganzes Leben in Sekundenschnelle an einem Baum zerschellt. Die ihm liebsten Menschen hatte er durch eigene Schuld verloren, wie sollte er damit weiterleben?

In Claras Haus konnte er nicht mehr sein, ihre Schwester und Familie zog dort ein, denen konnte er nicht mehr in die Augen sehen. Er kroch bei einem Freund unter, aber da er weiter zu sehr dem Alkohol zusprach, war er da bald nicht mehr geduldet. Weil er keinen Führerschein mehr hatte, war er auch seinen Job los, und so wurde er also zu einer Romanfigur von Clara. Das, was er sich damals nicht hatte vorstellen können, wurde Wirklichkeit.

Mit viel Mühe hatte er sich selbst aus diesem Sumpf wieder heraus gezogen, indem er erst mal dem Alkohol abschwor. Irgendwann beschloss er, mit dem Zug nach Bremen zu fahren und einen Onkel aufzusuchen, der hier einen kleinen Verlag hatte. Der war zwar nicht begeistert, als er seinen ungepflegten Neffen vor sich sah, aber er gab ihm eine Chance, und die nutzte Peter.

Jetzt fiel ihm auf einmal ein, als er noch mal an die Begegnung mit Anna und ihrem Freund in

Olympia dachte, wo er diesen Nikos schon einmal gesehen hatte, es fiel ihm wie Schuppen von den Augen, auf der Beerdigung von Clara und Laura. Merkwürdig, dass er ihn in seinem Schmerz überhaupt bemerkt hatte, vielleicht, weil er eine dunkelrote Rose auf den Sarg warf. Also war er Claras Grieche?

Gedankenverloren erhob Peter sich von seinem roten Sofa, er musste sich wieder um die Verlagsarbeit kümmern, die er inzwischen fast allein machte, da sein Onkel sich mehr und mehr zurückzog.

Er freute sich darauf, Anna bald wiederzusehen und mit ihr über alles zu reden.

Vielleicht sollte er sich auch einmal den Roman Claras vornehmen, den sie nicht mehr vollendet hatte, der jetzt eine besondere Bedeutung bekam für ihn.

Max

Gerade hatte er einen Anruf erhalten von Nikos aus Athen. Er schien ziemlich durcheinander, die Sätze, die er von sich gab, waren unzusammenhängend. Er schien ohne Anna dort zu sein. Er wollte wissen, ob die Pläne, die Galerie betreffend, noch Bestand hätten, er könnte sich vorstellen, nach Worpswede zu ziehen, und als Max ihn fragte, was Anna denn dazu meinte, antwortete er ausweichend. Plötzlich war die Verbindung unterbrochen.

Hoffentlich war Annas Welt noch in Ordnung, das war ihm das Wichtigste. Er schätzte beide sehr, aber Anna hatte schon so viele Verletzungen in ihrem Leben erfahren, dass er sich als ihr Beschützer fühlte und für ihr Glück irgendwie verantwortlich.

Max hatte Nikos beim Kunststudium in Düsseldorf kennen gelernt als Tausendsassa und Frauenschwarm.

Selbstvergessen konnte er sich tanzend nach griechischer Musik bewegen. Das wirkte sehr erotisch, auch auf ihn, ja, auch er hatte sich in ihn verliebt, als sie sich kennen lernten, hatte aber gleich gemerkt, dass Nikos Interesse nur den Frauen galt. Sehr schnell hatte er sich als guter Kumpel entpuppt, mit dem man über alles reden konnte, und so begann ihre Freundschaft.

Nach dem Kunststudium war Nikos nach Griechenland zurückgekehrt, für eine Weile, Max hatte nichts mehr von ihm gehört, und plötzlich war er wieder da und besuchte ihn in Worpswede.

- Was macht die Liebe? -

Nach einer herzlichen Begrüßung stellte Max ihm diese Frage. Nikos zuckte zusammen, als hätte er ihn an einer empfindlichen Stelle getroffen, aber nach einigem Zögern erzählte er:

- Ich habe eine Frau kennen gelernt in dem Restaurant, in dem ich kellnerte. Wir mochten uns, abends nach meinem Dienst habe ich dort nach langer Zeit mal wieder Klavier gespielt. Damit habe ich sie wohl verzaubert. In meiner freien Zeit habe ich ihr antike Stätten gezeigt. Sie besaß ein Ferienhaus dort. Als ich merkte, dass sie mich wirklich liebte, fühlte ich mich eingeengt, und als ich den Druck und den Druck meiner Mutter, die mich wieder an meine Pflichten, eine Familie zu gründen, erinnerte, nicht mehr aushielt, bin ich förmlich geflohen, ohne mich zu

verabschieden. Ich habe mich schlecht dabei gefühlt, aber um Diskussionen aus dem Weg zu
gehen, habe ich es getan. -

Schon während der Studienzeit war er char-
mant und höflich zu den Frauen, die ihn
umschwärmten, aber wenn eine ihn mit ihrer
Liebe erdrücken wollte, zog er sich sofort zurück,
als hätte er Angst vor einer längeren Bindung.

Er erzählte noch, dass er in Düsseldorf in
einem Museum arbeitete und bat Max, ihn über
seine laufenden Ausstellungen auf dem
Laufenden zu halten.

Max hatte die Galerie von seinen Eltern über-
nommen, es war ein schwieriges Geschäft, denn
er war in dem Künstlerdorf Worpswede nicht der
einzige, der Kunst ausstellte, aber er hatte wohl
den richtigen Riecher für Besonderes, er merkte
es an der Resonanz.

Als er die Ausstellung eines genialen Zeichners
vorbereitete, lud er Nikos, von dem er wusste,
dass er den Künstler sehr schätzte, zur Vernissage ein ohne zu ahnen, dass an diesem Tag
eine große Liebe beginnen sollte. Anna war bei
jeder seiner Ausstellungseröffnungen anwesend.

Sie kannten sich schon lange, ihre Eltern
waren befreundet gewesen, und da Anna sich

sehr für Kunst interessierte und sich in Worpswede und in seiner Galerie sehr wohl fühlte, kam
sie oft. Sie konnten gut miteinander reden, sie
hatte ihm vieles anvertraut, und so wusste er
auch von der Riesenenttäuschung, die sie erlebt
hatte, und dass sie große Gefühle nie wieder
zulassen wollte, was ihr ja nun nicht wirklich
gelungen war.

Gedankenverloren ging er in seine Galerie, um
sie für die nächste Ausstellung vorzubereiten. Er
war gespannt, die beiden würden sich ja melden.

Anna

Anna sah auf die Uhr, gleich würde ihr Flug aufgerufen werden. Es kam ihr vor, als säße sie schon eine Ewigkeit hier, sie hatte ja auch die ganze Reise mit Nikos noch mal gemacht, in Gedanken, jetzt war sie hier ohne ihn. Ob er noch in Athen war? Sie rutschte unruhig auf ihrem Sitz hin und her, wenn sie erst im Flugzeug saß, konnte sie nicht mehr zurück.

Sie ließ noch mal ihre Blicke schweifen – und da sah sie ihn, Nikos.

Mit suchendem Blick lief er durch die Abfertigungshalle, und plötzlich hatte er sie auch entdeckt. Anna löste sich von ihrem Stuhl, auf dem sie stundenlang wie angenagelt gesessen hatte und rannte ihm entgegen. Sie fielen sich in die Arme, welche Erleichterung, er war gekommen. Er wollte sie anrufen von Athen aus, und seine Mutter hatte ihm von ihrem Aufbruch berichtet, und wie es dazu gekommen war. In einem Taxi war er dann sofort zum Flughafen gefahren in der Hoffnung, sie dort noch zu finden.

Schweigend hielten sich beide ganz fest, alles war gut in diesem Moment.

Seine Gegenwart löste die Zukunft auf.

Glück
wird jeden Tag
neu definiert
heute ist dein da sein Glück
zärtliche Liebe
leuchtet augenfällig
lodert aus allen Poren
umhüllt uns
mit einem Mantel
des gegen alles gewappnet sein
Glück
findet heute statt, weil du bei mir bist

Nikos zog Anna förmlich aus dem Flughafengebäude.

Ihr Koffer befand sich nun hoch in der Luft auf dem Weg nach Deutschland, aber was war schon ein Koffer, verglichen mit dem Glück, Nikos Nähe wieder zu spüren. Mit dem Taxi fuhren sie in die Athener Wohnung und dort liebten sie sich, sie verschmolzen miteinander, wurden eins.

Beim Essen, das aus Resten aus dem Kühlschrank bestand, und nach mehreren Gläsern Rotwein erzählte Nikos dann, wie er mit einer plötzlichen Unruhe im Bauch seine Mutter angerufen hätte, die ihm völlig aufgelöst von Annas Flucht berichtete, sich natürlich schuldig fühlte und den Grund der Abreise, den teilte sie ihm auch mit. Er sei sofort in ein Taxi gesprungen und – den Rest hatte sie ja erfahren.

- Ja, es gibt diese Griechin in meinem Dorf, - etwas zögerlich erzählte Nikos dann weiter, - ich kenne sie seit meiner Kindheit. Unsere Familien sind miteinander befreundet und haben schon früh beschlossen, dass wir ein Paar werden sollen. Als ich achtzehn war und merkte, dass sie fest entschlossen war, mich als Ehemann zu akzeptieren, entschied ich, mich aus der Enge des Dorfes zu befreien und nach Deutschland zu gehen und dort zu studieren, ich fühlte mich einfach noch nicht reif, so früh schon über eine eventuelle Ehe nachzudenken. Eine Cousine meiner Mutter lebte in Düsseldorf, und sie nahm mich erst mal bei sich auf und sorgte auch dafür, dass die Wogen in der Familie, die alles andere als begeistert war über meinen Weggang, wieder geglättet wurden. -

- Ich mag Eleni, so heißt sie, - fuhr Nikos fort, - aber ob das für eine Ehe reicht? Immer, wenn ich meine Eltern besuchte, und das war am Anfang oft der Fall, weil ich Heimweh hatte, dann sah ich auch Eleni, und von Mal zu Mal spürte ich mehr, dass sie sich aufhob für mich, dass sie auf ein Wort von mir wartete. Ich versprach ihr nichts, beendete aber auch ihre Hoffnungen nicht, jedes Mal hatte ich ein schlechtes Gewissen, aber wenn ich dann wieder in das freie Düsseldorfer Leben tauchte, war das vorbei. Nach dem Studium bin ich kurz nach Griechenland zurückgekehrt, aber über dieses Kapitel meines Lebens möchte ich später mit dir reden. -

Gebannt hörte Anna ihm zu. Sie hätte natürlich gern alles erfahren, aber dafür, dass er so ungern über sich redete, war das schon viel, was er erzählt hatte.

- Es war jetzt das erste Mal, - sagte Nikos weiter, - dass ich mit einer Frau zusammen meine Mutter besucht habe, und das hat die Wogen natürlich wieder hoch schlagen lassen. Sie findet dich sehr sympathisch, das hast du ja auch gemerkt, allerdings zu alt für mich, was du ja befürchtet hast. Wir werden jetzt nicht wieder ins Dorf zurückkehren, meine Sachen wird mir ein Cousin bringen, wie geplant werden wir in ein paar Tagen nach Deutschland zurückfliegen.

Ich bin sehr durcheinander im Moment und weiß nur, dass ich dich liebe. -

Sie flogen zurück, er nach Düsseldorf, sie nach Bremen. Die Wohnung in Bremen war Anna fremd geworden, sie musste ihr erst wieder eine eigene Atmosphäre geben mit Blumen und Meeresfoto-Collagen an den Wänden und beim Duft eines Zitronen-Hähnchens aus dem Ofen und bei Klängen griechischer Musik fühlte sie sich schon wohler, nur Nikos fehlte ihr.

Sie waren nun so viele Wochen immer zusammen gewesen, hatten zwar nicht den Alltag gelebt, sondern Urlaubstage, die aber voller Liebe, Zärtlichkeiten und Nähe waren, das Alleinsein fiel ihr schwer.

Sie telefonierte täglich mit ihm, aber das war ja nicht dasselbe.

Auch er konnte sich schwer wieder an Düsseldorf gwöhnen. Er lebte nun schon so lange in Deutschland, aber Griechenland war eben seine Heimat. Irgendwann würde er sicher dahin zurückkehren mit ihr oder ohne sie, aber sie wollte jetzt noch nicht daran denken, im Moment war die Liebe, die sie füreinander empfanden, stärker denn je, und die wollte sie leben, jetzt, mit jeder Faser ihres Körpers und ihrer Seele.

Anna

Bevor Anna Max in Worpswede besuchte, hatten sie miteinander telefoniert, und sie hatte eine Andeutung von ihrer dramatischen Abreise gemacht, da war er natürlich neugierig geworden.

Anna erzählte ihm alles, und er litt mit ihr, freute sich mit ihr, teilte ihr aber auch seine Bedenken mit, die er von Anfang an gehabt hatte:

- Wenn Nikos tatsächlich nach Griechenland zurückkehrt, dann wird er diese Griechin heiraten, das fordert die enge Familienbindung, das Ehrgefühl und die Höflichkeit der Griechen. -

- Aber er kann doch keine Frau heiraten, die er nicht liebt. -

Anna wollte das nicht so recht glauben.

Nach der glühenden Schilderung ihrer Peloponnesreise, dem ganz besonderen Licht dort, den wechselnden Farben des Himmels vom strahlenden Blau bis zum Spätnachmittagsrosaviolett, den verschiedenen Blau-Tönen und dem Rauschen des Meeres, was sie immer noch sah und hörte, holte Max sie wieder in die Wirklichkeit zurück.

Sie wurde sehr nachdenklich, und das tat Max leid. Er erzählte ihr von Nikos Anruf bei ihm aus Athen und seiner Frage, ob es bei seinen Plänen, was die Galerie betrifft, geblieben wäre, weil er eventuell plane, nach Worpswede zu ziehen.
Darüber hatte er mit Anna noch nicht gesprochen. Sie war sehr überrascht und wurde noch nachdenklicher.

Sie wollte mit Max nicht länger über Nikos reden und so erzählte sie ihm von ihrer Begegnung mit Peter in Olympia.

- Wer ist Peter? -

Anna klärte ihn auf:

- Ich kenne ihn aus der Schulzeit. Er war ein Beau, alle Mädchen schwärmten für ihn, und ich konnte es gar nicht fassen, als er mich erwählte, und wir eine Zeitlang „miteinander gingen".

Nach langer Zeit habe ich ihn vor einem Jahr auf einem Klassentreffen wieder gesehen und jetzt eben in Olympia. Seine Frau und Tochter sind bei einem Unfall ums Leben gekommen, hatte er auf dem Klassentreffen erzählt. Er hat sich verändert, ist immer noch sehr attraktiv, aber sehr distanziert, nachdenklich, zurückhaltend. Sicher lernst du ihn mal kennen, er lebt in Bremen, leitet einen kleinen Verlag. Wir haben vereinbart, unsere Griechenland-Erlebnisse auszutauschen. -

Max bekam leuchtende Augen, als Anna Peter beschrieb und wollte natürlich mehr von ihm wissen. Sie musste ihm versprechen, ihn zur nächsten Vernissage mit zu bringen.

Am nächsten Tag besuchte Anna Peter. Auf dem Weg dahin dachte sie darüber nach, was sie Max über ihre Reise mit Nikos erzählt hatte, über seine Skepsis, was ihre Liebe betraf. Sie hatte dann ja schnell das Thema gewechselt und ihn mit ihrer Erzählung über Peter sehr neugierig gemacht, sie hatte auch seine leuchtenden Augen gesehen. Erst jetzt fiel ihr rückblickend auf, dass Peter eine ähnlich distanziert liebevolle Art Frauen gegenüber hatte wie Max. Ach, was denke ich da bloß, verscheuchte sie ihre Gedanken, er war doch mit Clara verheiratet.

Als sie das letzte Mal mit Peter telefoniert hatte, um ihren Besuch anzukündigen, machte er eine seltsame Bemerkung:

- Ich habe die Romanentwürfe gefunden, an denen Clara zuletzt gearbeitet hat und Tagebucheintragungen und darin eine interessante Entdeckung gemacht, die dich interessieren wird. -

Clara

Der Strom der Liebe
fließt
in mir
um mich
und doch
ist mein Haus
eine Wüste
leer ohne dich
den Schmerz der Liebe
von dem die Griechen singen
jetzt erfahre ich ihn
die Seele wund
vor Sehnsucht
die Sonne blass
und doch
ein neuer Tag
Hoffnung?

Ich vermisse ihn. Warum ist nicht gekommen?
Er hat sich auch nicht gemeldet, er ist einfach
spurlos verschwunden, ich kann ihn an gewohn-
ter Stelle nicht erreichen, schon seit einiger Zeit

nicht mehr. Jetzt habe ich gehofft, ihn hier zu treffen in meinem Ferienhaus am Meer, in Katakolon .

Ich sitze auf der Terrasse, vor mir ein kleines Wiesenstück mit bunten Hibiskussträuchern und hohem weißen Oleander, das sich dem Meer entgegenwölbt, vorher allerdings in einen schmalen Sandstrand übergeht.

Das Meer ist unruhig heute, statt des ruhigen, leichten Wellengekräusels gibt es bewegtes Wasser mit dicken weißen Schaumkronen. Wind kommt auf. Die Natur wirkt so unruhig wie meine Gedanken.

Nachdem ich dieses Haus in Griechenland bezogen hatte, lernte ich in einem Restaurant in Katakolon einen geheimnisvollen Griechen kennen. Er kellnerte dort und half mir bei der Auswahl meines Abendessens.

Ein blonder Grieche, der mich durch seine Art zu sprechen, weich, fast zärtlich und seine eleganten Bewegungen sofort faszinierte. Er verlieh diesem Lokal einen Zauber, dem ich mich nicht entziehen konnte. Jeden Abend zog es mich in dieses Restaurant was nicht an dem allerdings auch sehr ausgezeichneten Essen lag, es war dieser Mann, seine scheue, höfliche Art, mit mir zu reden, nicht nur mit mir natürlich, aber mich behandelte er besonders, das Gefühl hatte ich schon. Um Mitternacht, wenn die Leute satt und zufrieden noch vor einem Glas Wein saßen, setzte er sich ans Klavier, spielte Kompostionen von Theodorakis, aber auch von Mozart und Beethoven. Ich schloss die Augen und dachte, er spielt das nur für mich.

Das Haus in Katakolon hatte ich gefunden, um diesen Mann kennen zu lernen, das war klar. Abend für Abend verbrachte ich in seiner Nähe und dann an einem Abend, es war sehr spät geworden, und ich war die Letzte, brachte er mich nach Hause. Das war schon länger mein geheimer Wunsch, und ich war glücklich, als er es mir anbot.

Wir gingen schweigend unter einem strahlenden Sternenhimmel, unsere Schultern und Arme berührten sich beim Gehen, der Zauber dieses Abends umhüllte uns wie ein Umhang. Erst als wir vor meinem Haus standen, sprach er und bot mir an, am nächsten, seinem freien Tag, mir etwas vom Peloponnes zu zeigen, wir verabredeten uns also, und dann umarmte und küsste er mich hastig, so als wär er erschrocken ob seiner Kühnheit und verschwand in der Dunkelheit.

Seine Nähe, seine Ausstrahlung spürte ich noch, bevor ich in einen tiefen, traumlosen Schlaf fiel.

Immer wenn ich in meinem Haus am Meer war, meine freie journalistische Arbeit ermöglichte es mir, sah ich ihn abends im Restaurant, lauschte seiner Klaviermusik, und oft brachte er mich nach Hause.

An seinen freien Tagen fuhren wir zu antiken Stätten und ich erfuhr viel darüber, oder wir lagen am Strand, erfanden Geschichten zu Wolkenbildern oder ließen uns vom leuchtenden, endlosen Blau des Himmels und des Meeres verzaubern.

Nikos sprach sehr gut deutsch, da er ein paar Jahre in Deutschland verbracht hatte. Wir philosophierten über das Leben allgemein. Über sich, und was er außer seiner Arbeit im Restaurant machte, darüber sprach er nicht.

Er zeigte großes Interesse an meiner journalistischen Arbeit und stellte viele Fragen, was das Schreiben betraf.

Unser Zusammensein war geprägt von Berührungen und Zärtlichkeiten, dabei blieb es. Ich fand es wunderbar, hatte das in meinen früheren Beziehungen noch nie so erlebt.

Die Liebe zu diesem Mann wurde bald Bestandteil meines Lebens. Alles was ich tat und dachte, auch wenn ich nicht in Griechenland war, bezog ihn mit ein. Mein Leben in Hamburg funktionierte nur noch mit der Vorfreude auf die Wochen in Katakolon.

Jetzt sitze ich hier allein, habe den Boden unter den Füßen verloren, die Basis zum Glücklichsein. Der nächtliche Sternenhimmel, die Weite des Meeres und das Verschmelzen mit dem Horizont, das leise Plätschern der Wellen, was ist das alles ohne ihn.

Im Restaurant weiß man auch nichts über seinen Verbleib, er ist einfach nicht mehr gekommen, und wo er gewohnt hat, ist nicht bekannt.

Lieber Peter

ich habe nun begonnen, eine Erzählung zu schreiben, in der die Liebe zu einem Griechen eine Rolle spielt. Ich muss dir diesen Brief schreiben, obwohl ich nicht sicher bin, ob du ihn je lesen wirst. Da wir nicht mehr miteinander reden können, jedenfalls unsere Seelen können das nicht mehr, muss ich schreiben, was mich bewegt. Ich habe dir mal von dem Haus in

Griechenland erzählt, das mir gehörte und dass ich dort einen jungen Griechen kennen lernte.

Ich war sehr verliebt in ihn, weil er so ganz anders war, als die Männer, die ich vorher kannte.

Er war allerdings auch sehr zurückhaltend, ich hatte immer das Gefühl, diese Augenblicke mit ihm sind kostbar, und ich hatte diese Angst, irgendwann wird es sie nicht mehr geben. Er wirkte geheimnisvoll, erzählte nicht sehr viel über sich, eigentlich gar nichts. Ich liebte ihn sicher mehr, als er mich, und eines Tages war er wirklich verschwunden.

Eine Welt brach zusammen für mich. Griechenland ohne ihn war nicht mehr mein Griechenland, irgendwann verkaufte ich das Haus wieder. Dann lernte ich dich kennen, du warst älter, gabst mir Sicherheit, bei dir fühlte ich mich geborgen und als wir dann nach Düsseldorf in unser Haus zogen und Laura geboren wurde, war ich glücklich, bin ich das immer noch? Seitdem Laura da ist, ziehst du dich mehr und mehr von mir zurück, ich dachte erst, das sei Eifersucht, aber das ist es nicht. Du kommst häufig spät nach Hause, wenn ich dir körperlich nahe sein will, wirkst du genervt, entschuldigst das mit

*beruflichem Stress. Ich komme nicht mehr heran
an dich, ich lebe mit dieser Sehnsucht nach
einem liebevollen Miteinander, das ich nicht
spüre. Immer häufiger spukt wieder dieser
Grieche durch meine Träume, ich denke an seine
Zärtlichkeiten, seine einfühlsame Art und stelle
mir vor, was wäre gewesen, wenn meine Liebe
ihn überzeugt hätte.*

*Und jetzt schreibe ich diese Erzählung als
Vision, wie es hätte kommen können. Der Anfang
ist gemacht, ich werde ihn wiederfinden, in der
Geschichte jedenfalls, und ich hoffe so sehr, dass
ich über das Schreiben auch dich wiederfinden
werde.*

In Liebe, Deine Clara

Anna

Peter war sehr aufgeregt gewesen, als er ihr
von Claras Griechen erzählte und ihr den Anfang
des Romans und einige Entwürfe gezeigt hatte.
Der Brief lag auch dabei, er hatte ihn also
damals nicht bekommen. Sie war sehr überrascht,
dass Nikos dieser Grieche war, erinnerte sich aber
auch, dass er in seiner Athener Wohnung, nachdem er sie aus dem Flughafen „gezogen" hatte,
etwas angedeutet hatte, was er ihr später
erzählen wollte und Peter hatte ihn in Olympia ja
auch als den Mann erkannt, der eine Rose auf
Claras Grab gelegt hatte, das passte alles zusammen. Hatte Clara Nikos in Düsseldorf noch mal
getroffen? Sie wollte ihn wiederfinden, hatte sie
geschrieben, nur eine Romanvision?
Peter hatte ihr alles mitgegeben und sie hatte
es zuhause gelesen. Diese kurze Liebe zu Nikos,
hatte Clara sie im Roman wieder auferstehen und
vollkommen werden lassen, weil die Liebe zu
Peter keine Erfüllung fand, jedenfalls nicht die,
die sie sich wünschte? Fragen über Fragen, sie
musste mit Nikos reden, und was war mit Peter,
er hatte so eine merkwürdige Andeutung gemacht

und sich sehr ausführlich nach Max erkundigt, als sie ihm vorgeschlagen hatte, ihn in seiner Galerie zu besuchen.

Irgendwie gab es plötzlich ein Liebesdurcheinander, durch das Anna nicht mehr durchblickte. Aber ihre Liebe zu Nikos war wirklich, das wusste sie doch, sie musste unbedingt mit ihm reden, sie hatte plötzlich Durst nach seiner Stimme, dieser unheimlich zärtlichen Stimme.

Max

Max bereitete eine Paula Modersohn-Becker-Ausstellung vor. Er schätzte Paulas Bilder, vor allen Dingen ihre Stillleben. Es war schade, dass sie so früh sterben musste. Nach ihrer Zeit in Paris, wo sie sich so frei, so glücklich fühlte, von Malern wie Gauguin, Cezanne inspiriert, hatte sie sich dann doch für ein Leben in Worpswede an der Seite von Otto Modersohn entschieden, nicht zuletzt deswegen, weil sie schwanger wurde, und sie sich auf das Kind freute. Sie hat es nicht mehr aufwachsen sehen, kurz nach der Geburt starb sie.

Max stellte nun einige ihrer Stillleben aus, aus Privatbesitz zusammengetragen, dazu Stillleben zeitgenössischer Künstler, ein interessanter Vergleich und eine facettenreiche Ausstellung. Bei der Vernissage lernte er Peter kennen, den Anna mitgebracht hatte, wie versprochen. Auch Nikos war da.

Peter und Max näherten sich behutsam, es waren viele Menschen da, sicher ein glücklicher Umstand, sich in der Menge, mit einer gewissen Distanz, abzutasten mit Blicken, Beobachtungen, allerdings mit dem Ergebnis, dass Max dachte: Anna hat nicht zuviel versprochen, und Peter den Wunsch verspürte, Max näher kennen zu lernen.

Die Idee, seine Galerie anders zu nutzen, hatte er erst mal auf Eis gelegt, er wollte Nikos Entscheidung abwarten, von dem er das Gefühl hatte, er befand sich wieder einmal in einem Gefühlschaos. Anna hatte Max die Geschichte von Clara und den Romanentwürfen erzählt, und er hatte sich an die Erzählung von Nikos erinnert, als er damals nach seinem Griechenlandaufenthalt plötzlich bei ihm in Worpswede wieder aufgetaucht war, nachdem er eine ganze Zeit nichts von ihm gehört hatte. Anna schien wie besessen davon zu sein, zu erfahren, ob Clara und Nikos sich in Düsseldorf noch mal getroffen hatten. Anna und Nikos hatten ja von je her eine Fernbeziehung.

Wie er seine Zeit in Düsseldorf verbrachte, davon wusste sie wenig. Sie war plötzlich misstrauisch geworden. Misstrauen, ein Zustand, den sie nie mehr wollte, jedenfalls nicht in einer Partnerschaft. Aber Clara war tot. Max, der alles aus der Distanz, aber auch mit dem Wohlwollen eines Freundes beider beobachtete, war ratlos. Er hatte Anna und auch Nikos gewarnt, aber man konnte keinen Schalter betätigen, wenn es um die Liebe ging, weder zum An- noch zum Abschalten. Was ihn betraf, er war dabei, sich in Peter zu verlieben, er musste nur noch dahinter kommen, was Peter empfand.

Anna und Nikos verschmolzen miteinander, die Beobachtung hatte er auf der Vernissage gemacht, sie hatten sich länger nicht gesehen. Ob sie schon über alles gesprochen hatten? Er würde es erfahren.

Nikos

Als er Anna das letzte Mal in Bremen besucht hatte, war sie sehr aufgewühlt und durcheinander, und bevor sie nach Worpswede fuhren, hatten sie ein langes Gespräch, in dem er den Grund ihrer Stimmung erfahren hatte.

Nikos erzählte ihr die ganze Geschichte, über die er bisher nur Andeutungen gemacht hatte.

Ja, er hatte nach dem Studium kurz noch mal ein Leben in Griechenland versucht in der Nähe seines Heimatdorfes und seiner Eltern, aber nicht bei ihnen, hatte, um ihnen nicht auf der Tasche zu liegen, gejobbt in einem Restaurant. Er musste sich einfach klar darüber werden, was er wollte.

In diesem Lokal hatte er Clara kennen gelernt, die in dem Ort ein Ferienhaus hatte und jeden Abend zum Essen kam. Sie gefiel ihm, sie blieb immer sehr lange, und vielleicht inspirierte sie ihn, spät, nach langer Zeit mal wieder, Klavier zu spielen.

Zu später Stunde, sie war meistens noch der einzige Gast, bot er ihr als höflicher Grieche an, sie nach Hause zu bringen, und in seiner Freizeit begleitete er sie auf Ausflügen. Natürlich merkte er, dass sie sich in ihn verliebt hatte, und sie sagte ihm das auch, in der Hoffnung, dass es bei ihm genauso war. Die alte Angst vor längerer Bindung war wieder da, und als ein früherer Kommilitone ihm bei einem Telefonat sagte, dass das Museum in Düsseldorf eine Stelle ausgeschrieben hätte, die ihn sicher interessieren würde, brach er alles ab und flog nach Düsseldorf zurück.

Das war unfair Clara gegenüber, das wusste er auch, aber er rechtfertigte das, indem er sich sagte, sie wollte eine Liebesbeziehung, er war einfach nur gern mit ihr zusammen, das war alles. Ein schlechtes Gewissen hatte er trotzdem, und als er ihr nach einiger Zeit schrieb, da kam der Brief zurück mit dem Vermerk: Adressat unbekannt verzogen.

Er hatte sie noch mal in Düsseldorf getroffen, für beide überraschend, bei einem Konzert, in das er im Zuge seines Begleitservice eine Dame begleitet hatte. Plötzlich stand sie vor ihm, etwas unsicher, da er ja nicht allein war, aber da er ihr eine Erklärung schuldig war, verabredeten sie sich für den nächsten Tag in einem Cafe.

Da erfuhr Nikos dann von ihr, dass sie geheiratet hatte und von Hamburg in die Nähe von

Düsseldorf gezogen war. Sie redete und redete wie eine sprudelnde Quelle und betonte immer wieder, wie glücklich sie sei. Sie sagte es zu oft.

Nikos spürte, dass sie sich das alles so zurecht strickte und fühlte auch, wie tief verletzt sie war. Er versuchte, ihr seine plötzliche Abreise zu erklären, was ihm nicht wirklich gelang. Auf einmal hatte sie es furchtbar eilig, und sie verabschiedeten sich.

– Ich habe sie nie wiedergesehen -, erzählte er Anna, - als ich dann die Todesanzeige in der Zeitung las, war ich sehr erschüttert, ich musste einfach zur Beerdigung gehen, und da habe ich eine dunkelrote Rose in ihr Grab geworfen für die Liebe, die sie erwartet hatte, und die ich ihr nicht geben konnte. Ich weiß ja nun von dir, wie alles passiert ist, und ihren Mann habe ich auch kennen gelernt. Vielleicht zeigst du mir mal die Romanentwürfe. -

Ein Jahr später

Das Glück
wohnt im Meer
es bläut
gurgelt
schluchzt
glitzert
rollt über bunte Kieselsteine
das Glück
versteckt sich in kleinen Dörfern
in denen
das Blätterdach knorriger Maulbeerbäume
Schatten spendet
das Glück
spiegelt sich in den Gesichtern
von Männern und Frauen
die in weißgekalkten Häusern
hinter morbiden, pastellfarbenen
windschiefen Türen mit verrosteten Scharnieren
leben
das Glück
wohnt in alten Blechkanistern
mit knallroten Geranien
in rosa Oleanderbäumen
in schmalen Gassen
Glück nistet in Urlaubsaugenblicken

Anna und Nikos

Sie machten wieder Urlaub in Griechenland, auf dem Peloponnes, in Pylos im Süden, im „linken Finger" der Halbinsel, den Anna noch nicht kannte. Sie hatten ein Appartement gemietet in einem wunderschön gelegenen Hotel direkt am Meer in Gialova.

Es hatte sich nichts geändert in ihrer Beziehung. Anna lebte nach wie vor in Bremen und Nikos in Düsseldorf. Sie telefonierten viel und sahen sich oft. Zukunftspläne hatten sie erst mal auf Eis gelegt, keiner mochte daran rühren, sie lebten im Jetzt und genossen die Augenblicke ihres Zusammenseins. Sie wussten, so konnte es nicht ewig weiter gehen, aber die Liebe gab ihnen Kraft und Energie, verhalf ihnen zu viel Kreativität in ihren Berufen.

Anna schrieb weiter an dem Roman, den Clara begonnen hatte. Wenn sie die Liebe beschrieb zu dem Griechen, dann wusste sie oft nicht, war sie nun Clara oder Anna. Peter war froh, dass sie etwas vollenden wollte, mit dem Clara angefangen hatte. Er fuhr jetzt häufiger nach Worpswede zu Max. Die beiden schienen sich wirklich gut zu verstehen. Max plante wieder, seine Galerie zu verändern, vielleicht ein literarisches Cafe daraus zu machen mit Kunst und Büchern mit Hilfe von Peter und Nikos?

Nikos hatte einen eventuellen Umzug nach Worpswede nicht wieder erwähnt, er liebte seine Arbeit in dem Düsseldorfer Museum, und Anna wollte nicht drängen, sie genoss die Zeit, wenn sie zusammen waren. Zukunftspläne wurden verschoben, es zählte nur das Jetzt und das fand mal wieder auf dem Peloponnes statt für drei Wochen.

Dieses Hotel in Gialova war Anna von einer Freundin empfohlen worden, und sie war restlos begeistert. Voula und Stavros, die Besitzer, hatten ein kleines Paradies geschaffen. Der Garten, „Vorgarten zum Meer", bestand aus kleinen Blumeninseln, Oleander, Hibiskus, Geranien, Mohn, leuchtend rot, blau, weiß, ein Farbenmeer, eingerahmt, umrundet von alten morbiden Baumstämmen, jeder Stamm für sich eine abstrakte Holzskulptur.

Schatten spendeten Palmen oder Natursonnenschirme aus getrockneten Palmblättern auf Baumstämmen.

Eine Oase, in der man an kleinen Tischen zwischen den Blumeninseln sitzen, essen, trinken oder einfach nur sein konnte, immer mit dem Blick aufs Meer.

Nikos war mit Annas Wahl ihres Urlaubs-quartiers sehr zufrieden, er kannte es nur flüch-tig, weil er einmal auf der Fahrt nach Kalamata einen Abstecher hierher gemacht hatte.

Die Lagune von Gialova ist ein Naturparadies, für die Zugvögel der südlichste Zwischenstopp auf dem Balkan, das flache Wasser bietet ideale Nahrungsbedingungen. Es gibt wunderbare, lange weiße Strände, Golden Beach (klang schon sehr touristisch) mit einer Strandbar, die auch Liegen vermietete, Nikos und Anna aber mit lauter Musik (nicht griechisch) in die Flucht schlug.

Da ist die sogenannte Ochsenbauchbucht naturbelassener: weißer Sand, Dünen, zwischen denen wilder Wacholder wuchert und das Meer in all seinen Schattierungen, türkisfarben, blau und zwischen zwei Felsvorsprüngen am jenseitigen Ufer dunkelblau schimmernd. Nikos tauchte in die Fluten und schwamm weit hinaus, er war da mutiger als Anna, die immer froh war, wenn er wieder vor ihr stand.

Auf einem der Felsvorsprünge liegt die Nestor-Grotte. Laut Homer war Nestor ein König im mykenischen Reich, auf dessen Rat alle im

Trojanischen Krieg hörten und der in Pylos residiert haben soll. In dieser Grotte sollen seine Rinder untergebracht gewesen sein, daher wohl auch der Name dieser traumhaften Bucht. Heute hausen Fledermäuse in der Höhle, und sie dient Ziegenherden und ihren Hirten als Unterstellplatz, Anna und Nikos, die selber nicht drin waren, erfuhren das von anderen.

Dieser Strand an der Ochsenbauchbucht war fast menschenleer, es gab keine Strandbar, keine Liegen, nur Natur.

Das Essen in dem Hotel war hervorragend. Nikos, der in Deutschland selten griechisch essen ging, war hier in seinem Element. Nach langer Zeit aßen sie mal wieder Olivenölkuchen und ganz viel Fisch.

Sie hatten sich ein Auto gemietet und fuhren auch oft nach Pylos, einem malerischen Hafenstädtchen an der Navarino-Bucht mit viel Atmosphäre. Das Herz der Stadt ist ein großer, gepflasterter Platz, von dem aus strahlenförmig, amphitheatralisch ansteigend sich die Straßen die Hänge hinaufwinden. Die Platia ist das Wohnzimmer von Pylos. Im Schatten weit ausladender, uralter Platanen spielen Kinder, treffen sich Familien, sitzen auf den Stühlen der rundum verteilten Cafes, es wird diskutiert, gelacht. Männer spielen entweder mit Schlüsselbunden oder mit Rosenkränzen, (Annas Beobachtung, über die Nikos sich wieder sehr amüsierte), sie reden sicher über Politik, machen vielleicht auch Geschäfte hier. Jedenfalls waren Anna und Nikos hier nun nicht allein, aber sie genossen es, sie spürten wieder die Leichtigkeit des Seins, die in Griechenland sicher viel ausgeprägter ist als in Deutschland, nicht nur im Urlaub. Das war auch das, was Nikos in Düsseldorf oft vermisste. Die Menschen hier gingen anders miteinander um, herzlicher, nicht so unverbindlich, das spürte auch Anna.

Sie genoss das friedliche Miteinander, die Idylle, sah in der Ferne die bunten Fischerboote in der Hafenbucht schaukeln.

- Im Jahre 1827 - , so berichtete Nikos, - fand hier in der Bucht von Navarino eine der berühmtesten Seeschlachten der Weltgeschichte statt, die endgültig die vierhundert Jahre währende Herrschaft der Türken in Griechenland beendete. Die türkisch-ägyptische Flotte wurde vernichtend geschlagen, die Wracks liegen immer noch auf dem Meeresgrund, Tauchen ist hier deswegen strengstens untersagt. -

Die Bucht lag jetzt still und friedlich im Sonnenlicht. Nikos wies Anna noch auf ein Denkmal hin am Rande des Platzes, in Pyramidenform, inmitten von Oleander- und Rosenbüschen, das an diese Seeschlacht erinnern soll, die Griechenlands Schicksal damals entschied und die unzählige Menschen das Leben kostete.

Anna fühlte sich wieder sehr wohl in Griechenland. Sie genoss das Licht, die Farben des Himmels und des Meeres, selbst die Ränder der Straßen, die sich in Serpentinen durch die Berge schlängelten, waren ein Meer von Rot, Gelb und Blau mit hellen Gräsern durchsetzt, wie einfallende Sonnenstrahlen. Die Sinneseindrücke waren mit Nikos zusammen viel intensiver, weil auf dieser Gefühlswolke, auf der Anna sich befand, alles andere Dimensionen hatte. Sie war nie gern allein verreist, weil sie ihre Begeisterung über das, was sie sah und erlebte immer lieber mit jemandem teilte.

Sie hatten noch ein paar Tage in Gialova, bevor sie wieder nach Hause flogen, da merkte Anna Nikos Veränderung, er wurde immer stiller, sie spürte, dass er häufig mit seinen Gedanken ganz woanders war. Als sie ihn darauf ansprach, brach es plötzlich aus ihm heraus:

- Du musst allein zurückfliegen nach
Deutschland, ich habe eine SMS von einem
Cousin bekommen, dass es meiner Mutter nicht
gut geht. Er bittet mich dringend, zu kommen.
Ich habe im Museum um unbezahlten Urlaub
gebeten, das geht wohl klar. Ich habe es dir nur
noch nicht gesagt, um dir die letzten Tage nicht
zu verderben. Es tut mir so leid, ich würde lieber
mit dir zurückfliegen. -

Ja, das war ein Schock für Anna. Tausend
Gedanken schossen ihr durch den Kopf. Wie ernst
war die Krankheit seiner Mutter? Würde er vielleicht sogar in Griechenland bleiben müssen, um
ihr zu helfen? Aber er war kein Mensch, um in
einem kleinen Dorf zu leben, was sollte er da
tun? Ob diese Griechin immer noch auf ihn
wartete?

Sie kam erst wieder zu sich, als sie seine Arme
spürte, die sie ganz festhielten, und so blieben
sie eine Weile stehen, die Zeit stand still und
hielt den Atem an. Konnte er ihre Gedanken
lesen? Sie löste sich als erste und sah, dass
seine Augen voller Tränen waren. Anna liebte ihn
in diesem Augenblick so sehr, dass sie es kaum
aushalten konnte, so musste sie ihn jetzt trösten,
ihm Mut zusprechen und die Hoffnung vermitteln,

dass sie sich ganz bald wiedersehen würden.

Die letzten Tage in Gialova am Meer waren unvergleichlich schön, und als Anna und Nikos sich trennen mussten, wussten beide, egal, wie sich alles entwickeln würde, ihre Liebe war unzerstörbar.

Anna saß wieder im Flughafen von Athen, allein. Nikos hatte sie dorthin gefahren, ohne sie in den Flughafen zu begleiten, das hatte sie so gewollt. Ihren Abschied hatten sie vorher zelebriert, das war schmerzhaft und schön gewesen. Jetzt wollte sie allein sein und auf den Abflug warten, wie damals, als sie voller Sehnsucht und Zweifel hier gesessen hatte, nur dieses Mal würde Nikos nicht kommen und sie aus dem Gebäude befreien, er war auf dem Weg in sein Dorf. Dieses Mal war er voller Zweifel und Sorge, was ihn dort wohl erwartete.

Anna machte wieder eine Gedankenreise, was hatte sich verändert seit damals, als sie hier saß auf dem Flughafen von Athen? Nikos und sie waren sich ihrer Liebe sicher, und diese Sicherheit, machte sie, so paradox es klingen mochte, stark für die Realität. Sie wusste, seine Familie

stand über allem und die erwartete von ihm,
dass er eine Griechin heiratete, um mit ihr wiederum eine Familie zu gründen, und irgendwann
würde er sich dem beugen.

Anna war nicht allein, wenn sie nach Bremen
zurückkehrte, sie hatte einen Freund gewonnen,
Peter. Sie musste schmunzeln, als ihr ihre
Gedanken wieder einfielen, die sie in Olympia
hatte bei ihrem zufälligen Treffen: Peter, der
attraktive, sympathische Mann in ihrem Alter,
warum nicht der??

Peter hatte auch seine Liebe gefunden. Max
und er würden sie vom Flughafen in Bremen
abholen.

Umsorgt von zwei echten Freunden, die Liebe
zu Nikos im Herzen, das war jetzt Annas Realität
und – sie hatte ja noch den Roman von Clara zu
Ende zu schreiben, darin konnte sie ihre Liebe
und die Vision einer Liebe auf einen Nenner bringen.

Ihr Flug wurde aufgerufen, sie war bereit.

Annas griechische Lieblingsrezepte

Tomatensuppe

Eine ganz besondere Suppe mit einer selbstge-
machten Kräuterbrühe.

Sie benötigen dafür:
1 Gemüsezwiebel, fein gehackt
1 mittelgroße Stange Lauch
3 Esslöffel fruchtiges Olivenöl
600 g Tomaten, gehäutet, entkernt und fein gehackt
2 Teelöffel Tomatenmark
1 Teelöffel Zucker
1 Knoblauchzehe, fein gehackt
2 Esslöffel feingehackte frische Minze
glattblätterige Petersilie

für die Kräuterbrühe:
1 Esslöffel getrockneter Thymian
2 Lorbeerblätter
1 Esslöffel getrockneter Oregano
1 Stängel frische Petersilie
2 Streifen Zitronenschale, etwa 5 cm lang
1 Gewürznelke
100 g Zwiebeln, 4 Knoblauchzehen, 1 kl. St. Zimtrinde,
1/2 Teelöffel Cayennepfeffer
10 schwarze Pfefferkörner, Salz

Zur Zubereitung der Tomatensuppe die Zwiebeln und den Lauch in Olivenöl in einem Suppentopf bei niedriger Hitze anbraten, bis sie glasig werden. Das Tomatenmark dazugeben, ca. drei Minuten bei mittelstarker Hitze weiterkochen lassen. Knoblauch, Minze und Petersilie zugeben und weitere drei Minuten unter Rühren kochen lassen. Nach und nach die Kräuterbrühe zugießen und die Suppe im geschlossenen Topf ca. dreißig Minuten köcheln lassen.

Für die Zubereitung der Brühe vorher gut einen Liter Wasser zusammen mit den Zutaten fünfzehn Minuten kochen und durch ein Sieb gießen.

Servieren kann man die Suppe mit einem großen oder kleinen Klecks Creme fraiche oder Joghurt.

Spinatkuchen

Ein salziger Kuchen, der, warm oder kalt serviert, gleichermaßen köstlich ist.

Sie benötigen dafür:

1 Packung tiefgefrorenen Blätterteig
(für eine Tartform) oder
2 Packungen, wenn sie den Kuchen auf einem Blech zubereiten wollen.

100 g Butter, zerlassen

100 ml Olivenöl

1 Bund Frühlingszwiebeln, gehackt

1 Lauch, gehackt

1 große Packung tiefgefrorenen Blattspinat

1 kleine Packung tiefgefrorenen Blattspinat mit Gorganzola

6 Esslöffel gehackter frischer Dill

6 Esslöffel gehackte frische Petersilie

400 g Schafskäse, zerbröckelt

etwas Muskatnuss, Salz und Pfeffer nach Belieben

Die aufgetauten Blätterteigscheiben mit der zerlassenen Butter bestreichen und mit einem Teil den Boden der gewählten Form belegen. Frühlingszwiebeln und Lauch in dem Olivenöl andünsten und mit dem Spinat, den Kräutern und Gewürzen vermischen.

Die Mischung auf dem Boden verteilen, den Schafskäse darüber bröckeln und mit den restlichen Blätterteigscheiben bedecken. Der Kuchen wird ungefähr eine Stunde bei 190 Grad gebacken.

Zitronenhähnchen

Das ist schnell das Lieblingsrezept vieler Freunde geworden.

Sie benötigen dafür:
1 ganzes Hähnchen oder, wenn sie sich das Zerlegen sparen wollen,
je nach Personenzahl mehrere Hähnchenschenkel oder -filets
1 oder 2 Zitronen
Salz, Pfeffer, Oregano
Olivenöl

Das Hähnchenfleisch wird je nach Menge in einer Auflaufform oder auf einem etwas tieferen Blech gewürzt mit Salz, Pfeffer und Oregano, mit dem Saft der Zitronen übergossen und in reichlich Olivenöl bei 200 Grad im Ofen gebacken.

Griechischer Sommereintopf

Dieses Gericht hatte Anna bei Nikos Mutter schätzen gelernt, man kann es variabel gestalten, was das Gemüse betrifft, das besondere daran ist der leichte Zimtgeschmack.

Die Zutaten dafür sind:
500 g Tomaten, geschält, 1 Gemüsezwiebel
2 Zucchini, 2 Auberginen
4 große Kartoffeln
Salz, Pfeffer, Zimt, Olivenöl

Die Zucchini in kleine Scheiben, die Auberginen in Längsscheiben schneiden, die Kartoffeln schälen und in dünne Längsscheiben schneiden. Alle Scheiben nacheinander in einer Pfanne in Olivenöl leicht anbraten und würzen mit Salz und Pfeffer. In einem großen Topf die in Scheiben geschnittenen Tomaten und die zerkleinerte Zwiebel in Olivenöl andünsten und würzen mit Salz, Pfeffer und Zimt (Menge je nach Geschmack). Die angebratenen Gemüse- und Kartoffelscheiben mit in den Topf geben, alles mischen, abschmecken und noch 1 Stunde ca. köcheln lassen.

Olivenbrot

Mit einem griechischen Bauernsalat serviert, braucht man nichts anderes, vielleicht noch eine Extra Scheibe Schafskäse dazu.

Sie benötigen:
800 g Mehl
1 Esslöffel Backpulver
1 Prise Salz
150 ml Wasser
50 ml Olivenöl
1 Esslöffel getrocknete Minze
1 Zwiebel, feingehackt
200g Oliven, entkernt, gewaschen und abgetropft
1 Eigelb, verquirlt, zum Bestreichen

Das Mehl, das Backpulver und das Salz zusammen in eine große Schüssel sieben und eine Mulde in die Mitte drücken.

Das Wasser mit dem Olivenöl, der getrockneten Minze, den gehackten Zwiebeln und den Oliven in die Mulde geben. Mit einem Holzlöffel zu einem festen Teig verrühren und den Teig kneten, bis er weich ist und dann 10 Minuten ruhen lassen.

Den Teig, leicht mit Mehl bestäubt, erneut kneten und zu einem runden Brotlaib von 24 cm Durchmesser formen. Eine runde Form einfetten und den Teig darin 50 Minuten lang backen. 15 Minuten vor Ende der Backzeit das Brot mit Eigelb bestreichen.

Orangenkuchen

Ein köstlicher Kuchen, der nach der Backzeit mit einem Ouzo-Zitronensaft-Wassergemisch getränkt wird, was ihn sehr saftig macht.

Zutaten für eine mittelgroße Springform:
125 g Mehl, 140 g Hartweizengrieß
1 Päckchen Backpulver
1 Prise Salz
5 Eier
200 g weiche Butter
350 g Zucker, 1 Päckchen Vanillezucker
100 g Mandelstifte
1/8 l Orangensaft
2 Esslöffel Ouzo, Saft einer Zitrone

Mehl, Hartweizengrieß, Backpulver und eine Prise Salz in einer Schüssel mischen.

Die Eier trennen, das Eiweiß steif schlagen. In einer anderen Rührschüssel die weiche Butter mit einem Drittel des Zuckers, dem Vanillezucker und den Eigelben schaumig rühren.

Abwechselnd die Mehl-Grieß-Mischung und den Eischnee untermischen, anschließend die

Mandelstifte und den Orangensaft und, wer mag, etwas Zimt unterrühren.

Den Backofen auf 175 Grad vorheizen und den Teig in der gefetteten Springform 45-60 Minuten backen.

Den restlichen Zucker mit dem Ouzo, dem Zitronensaft und 1/8 l Wasser in einem Topf gut durchkochen lassen und den fertigen, noch heißen Kuchen damit tränken.

Olivenöldessert

Das ist der Kuchen oder das Dessert, als was es in Griechenland gilt, das Anna auf Zakynthos und bei Nikos Mutter kennen gelernt hat, mächtig, aber sehr lecker.

Sie benötigen:
1 Tasse Olivenöl
2 Tassen Zucker
3 Tassen Hartweizengrieß
5 Tassen Wasser
1 Tasse Mandelstifte und Zimt

Das Wasser mit dem Zucker 5 Minuten kochen zusammen mit Zimt oder einer Zimtstange.

In einem anderen Topf die Mandeln in dem Olivenöl anbraten, bis sie hellbraun sind, sie dürfen nicht dunkel werden, dann den Grieß dazutun und das Ganze bei mittlerer Hitze und unter ständigem Rühren etwa 20 Minuten braten lassen, bis alles hellbraun ist.

Bei kleiner Hitze wird das Zucker-Wasser Gemisch langsam dazugetan, und es wird weiter gerührt, bis es fest wird.

Wenn man das zu zweit zubereitet, kann man sich vielleicht beim Rühren abwechseln, das geht nämlich ganz schön in die Arme.

Den Topf vom Herd nehmen, und alles mit einem Tuch und Deckel bedeckt, abkühlen lassen, ca. 1 Stunde, dann in eine Auflaufform schütten und mit Zimt und Mandeln garniert, ganz kalt werden lassen.

Man kann den Teig auch nach dem Rühren im Topf, wenn er einem nicht fest genug erscheint, in der Form im Backofen noch eine Weile backen, probieren sie es einfach aus.

Die Autorin

Anne Böckmann lebt in Worpswede bei Bremen. Sie ist Buchhändlerin und hat bisher drei Gedichtbände veröffentlicht.

www.anneböckmann.de

Flügelgetragen

Gedichte

Anne Böckmann

2001

Wortwellen

Gedichte

Anne Böckmann

2003

Liebesgewitter

Geschichten und Gedichte

Anne Böckmann

2004